会社を辞めて人生の夏休みをすごしていたら、お医者さまと結婚することになった。

草野 來

Illustrator
藤浪まり

ジュエル文庫

CONTENTS

Kaishawo yamete jinseino natsuyasumiwo sugoshiteitara,
Oishasamato kekkon surukotoninatta

※本作品の内容はすべてフィクションです。
実在の人物・団体・事件などには一切関係ありません。

プロローグ

人生で一度だけ、夜どおし歩いたことがある。

暦のうえでは春だったけど、歩きながらつま先がじんじんと冷えたのを、今でも鮮明に憶(おぼ)えている。どうしてそんなことを口にしたのだろう。たぶん、さっきベッドがゆれたからだ。このところ地震が増えている。

「そうか。あのときは帰宅難民だったんだ。かわいそうに」

低い声が髪をかすめて、かさついた唇が目尻に当たる。あごひげが頬を撫(な)で、くすぐったさに顔をしかめると、

「ん？」

どことなくおもしろがるように微笑(ほほえ)みかけられる。こういうときの彼の表情は、日中の、診療所で患者さん相手に見せているそれとはだいぶちがう。ちょっぴり好色そうで意地悪そうで、なんともいえない艶がある。

すでに一回抱きあったあとで、まだ汗で湿っている身体(からだ)をシーツの上に横たえて、事後の添い寝をしている。室内には蚊取り線香の残り香がただよっていて、なんだかなつかしくなる。夏の夜のにおいだ。外からは虫の鳴く音が聞こえてくる。

「たしかに寒かったよね。あの日は」

やや細めの、すっと線を描いたような目を向けられる。片腕をわたしの頭の下に敷き、

もう片方の手で太ももをさすってくる。遠慮めいた感じがまるでないその手つきに、中年男だなあ……とつくづくと思う。

この人はいつもわたしを注意深く扱ってくれるけど、動作に迷いとかためらいといったものはない。やさしいけれど力強く、慎重なのに大胆だ。だから毎回どきどきする。次はどんなことをされるのか、してくるのかが、なかなか読めない。

脚を撫でる手がスムーズに上がってきて脇腹の骨をなぞられる。むずむずしてくる。

「ち、千秋(ちあき)先生はあの日……やっぱりこちらにいたんですか？」

照れくささを紛らわそうとして尋ねると、手を止めずに彼は答える。自分もあの頃は東京にいた、と。日勤の最中だったと。

「十年以上経(た)っても忘れられないね。あの日のことは」

「……そうですね」

そんな会話を交わしながら再び身体が重なりあう。バナナみたいに大きな手にふくらみがすっぽり包まれる。やんわりと揉(も)まれて、肌がまた汗ばんでくる。

一度果ててしまったからか、さっきよりも反応が早い。すぐに先端がこりっとしてくる。そこをつままれ、転がされて、つきつきと疼(うず)きだす。

「はあ」

うっとりしている表情を見られたくなくてシーツに顔を伏せると、肩まである髪を分け入るように背中にキスされる。

「っ……ん」

背中は弱い場所だった。背骨に沿って舌がつつーっと上がってくる。無精ひげの感触が猛烈にくすぐったい。

（ひげって……やわらかいんだ）

声を出すのをこらえつつ、そんなことを思う。男の人のひげがやわらかいなんて、三十年間生きていて知らなかった。

ううん、ひげだけじゃない。黒髪にぽつぽつ光る白髪が魅力的であることや、笑うと目の際に浮かぶ小じわも、鼻のつけ根についている眼鏡の跡もセクシーだ。

若い男性にはない（というよりも別種の）中年男のよさというか味わいというか、そういうものをこの人から教わった気がする。もちろん……そんなことは当人には言わないけれど。

キスが唇にたどり着いて、勝手知ったるふうに舌が入り込んでくる。

「……ふ、ぅ」

あたたかくて清潔な舌が、わたしのそれをふわりと包む。男の人の舌がこんなに大きいこともまた、知らなかった。いや単に、それはこの人が大柄だから、なのかもしれない。
ちゅく……くちゅ……と口内から濡れた音が響く。舌同士を絡めあうのは気持ちがいい。
正直いってわたしはそれほどキスが好きではない。人並みにそういうことはしてきたけれど、絶えず気持ちの悪さを少しばかり感じていた。相手の口臭が気になったり、舌に残る煙草の臭みにぞっとしたり、した。

でも、この人のキスにはそういうものを感じない。なぜか最初から自然と受け入れられて、自然と好きになった。そして回数を重ねれば重ねるほど、気持ちのよさが増してきていた。

舌で舌をねっとりと舐め上げられて、巻きつかれる。きゅっと締めつけられると、背すじがぶるりと震える。少し強めに吸われたり、軽く噛まれたり。強弱をつけて舌を愛撫されるうちに、頭がぼーっとしてくる。口同士でセックスしているみたいな妙な気分になってくる。

（千秋先生ってそんなふうには見えないけど……けっこう……いやらしい人なのかも）

キスをするたび、ひそかに思う。だけど、それでこの人が嫌いになるというわけではなくて、困ったことにその反対なのだった。千秋先生のやり方は常に念入りで執拗で、一回一回が濃密だ。

食事にたとえるなら、ぱぱっと手軽に済ませられるファストフードの反対のような、時間をかけて味わう休日のブランチのような。急がずにのんびり、たっぷりと楽しむ。充実感があとあとまで身体に残る。そんなセックスなのだ。

……なんてことを考えてしまう自分もまた、彼に負けず劣らずいやらしい気もしてくる。

胸を撫でさすっている右手が、するすると腹部をすべり下りていく。指で柔毛をひと撫でされて、（ん！）とふさがれている口のなかで息を呑む。知らないうちにまた潤んできていた。

キスをしながら先生が小さく笑う。ほんの少々いやらしい、大人の笑い方で。堅い指先を狭間にぴたりと添えて、そろりと動かす。

（あ……っ）

花弁がこすられて熱をもち、しっとりしてくる。骨ばった指が直に隠しどころを探ってくる。その感触に胸がざわつく。太くて節くれていて長い、いかにも男性的な指。唇と同様にかさついて荒れている。だけど手つきはとてもやさしい。

「ん……ぅん……っ」

ゆるやかに指を上下されるつど、唇の隙間から声が洩れる。彼はキスの角度を少しずらして、呼吸がしやすいようにしてくれる。だけど中断してはくれない。わたしの口をふさいだまま秘部をまさぐる。

　中指が、あわいを行きつ戻りつする。そこが自然とほころぶのを待つように、ゆったり、のんびりと。そうされて奥の方から、とろりとしたものがあふれてくる。ぬちゅ……と、キスの音によく似た響きが下部からもしてくる。

　潤みが潤滑剤となり、指の動きがさらになめらかになる。花弁を指と指の間に挟んで揉みほぐし、指の先端をほんのちょっと沈めてきて浅瀬をくすぐる。

（っ――）

　腰が、ぴくっとひくつく。むず痒さにも似た快さがじんわりと生じる。またくすぐられて、

「んん」

　喉の奥から甘えたみたいな声を出してしまう。そこの部分はかなり弱い。指や舌でふれられると、ひとりでに反応してしまう。そこだけずっといじられて、果ててしまったことさえある。

　あたたかく湿った壁を指先がとんとん、と押す。具合をたしかめるみたいに。そうされて、ぐにゅりと下腹部がうごめく。

「あ」

「いい反応だ」

キスを中断して彼がささやく。

「なんだか……触診されてる……みたい」

途切れ途切れにそう言うと、

「はは」

先生は微笑と苦笑の中間の笑みを浮かべ、わたしの額に唇をつける。中指で浅瀬を愛撫しながら、べつな指でそのすぐ上の秘芯（ひしん）にふれてくる。

「――っ」

まるでそうされるのを待ちわびていたみたいに、隠れていた小さな粒がくっきりと浮き上がる。その小さな一点を、肌理（きめ）の粗い指の腹で摩擦する。わたしが一番リラックスできる、ちょうどいい強さと速さで。

「ん……っ……んん」

広い背中に腕をかけて、脚をもう少しだけ開いてみる。彼が手をもっと動かしやすいように。

「強くしてない？」

髪に顔をうずめたまま問われて、「きもち……いいです」と答える。

「よかった」

低い、やさしい声が沁み込んでくる。

「じゃあこの調子で」

「あ……」

動作が続けられる。内壁を指でさすられて、小さな芽もくすぐられる。お腹のなかも外も、じんじんしてくる。指で撫でられるごとに、疼きにも似た感覚が腹部を走ってむずむずする。秘芯のかたちも変えられる。

親指で丹念にこすられるうちに、その極小の粒に血が集まってくる。ずきずきするほど凝ってくる。

小さく開けた口のなかに舌が挿し込まれて、無我夢中で吸いあう。胸の鼓動が高まる。内側と外側を交互に、じっくりと指で愛され、なぶられる。気持ちいいのに苦しい。早く楽になりたいのに、もう少しこのままこうしていたい。このせつなさを手放したいのか、それともできうる限り引きとめたいのか。自分でも分からなくなってくる。

そうして不意に、痺れと爽快感が吹き上がってひとつになる瞬間がやってくる。

(あ――っ――あぁ)

ぶるっと背が弓なりに大きくしなって、ぐったりと脱力する。そのまま抱きしめられて、あやすように肩を撫でられる。

「大丈夫?」

「……はい」

小さくうなずくと、

「じゃあ、ゆっくりと挿れていこうか」

「あ……はい」

そうですよね、これで終わりじゃないですよね、と思う。先生も……したいですよね。さっきから腰のあたりに熱いものがあたっているし、しかも先端はぬるぬるしてるし。

よいしょ、と先生が腕を伸ばしてヘッドボードに置いてある避妊具の箱をとったとき、その横にある携帯電話が鳴る。

〈チャーチャッチャチャッチャチャッチャチャララ~〉

もうだいぶ聞き慣れた牧歌的なメロディ。ビバルディの『四季』の「春」。表の診療所からの転送専用の着信音だ。この時刻に鳴るということは、急患の可能性が高い。

「……出ないんですか?」

五小節まで鳴ってから問いかけると、

「出ますよ」

先生はむっくりと起き上がり、二つ折り式携帯を開く。

「はい。どうしました桐生さん。ああそう、おじいちゃんがゲーしちゃった。熱もある。じゃあ今から伺いますよ。ええ、十分でいきますんで。はーい」

携帯をぱたんと閉じると、ふう、と肩を落とす。

「まったく、いいところでこれだ」

「桐生さんって……どちらの桐生さんでしょうか」

「うん、南町集落の」

往診の常連さんだという。千秋先生は床に散らばっている服を身につけながら、自らの股間に向かって語りかける。

「向こうに着くまでに落ち着くんだぞ」

そこはまだ、ぴんと張りつめていた。それからわたしにも声をかける。

「気にしないで寝てて。朝までには帰れると思うから」

「あ、はい」

手早く身支度を整えると、最後に眼鏡をかける。そして寝室を出る間際、つけ加える。

「帰ってから続きをしようか」

「あ……はい」

軽く赤面しつつ同意する。そうですよね、やっぱりもうちょっとしたいですよね……お互いに、という気分で。

「いってらっしゃい。どうか運転に気をつけて」

夏布団で身体を隠してそう言うと、

「はい。気をつけていってきます」

おどけたように敬語で返して、先生は深夜の往診へ出かける。やがて庭先から車のエンジン音が聞こえてくる。ひとりになってさびしいような、ほっとひと息つけたような気分だ。

網戸越しにやわらかい風が入ってくる。エアコンよりも涼しくて肌に心地いい。薄手の布団にくるまってベッドに寝転がって目を閉じる。陶酔の余韻がまだ沁み込んでいる全身に、いつしか甘やかな眠りがしのび寄ってくる。

第一章　藍川村での暮らしをはじめました

一

まさかまだ藍川(あいかわ)駅が無人駅のままだなんて、思ってもいなかった。

東京から新幹線で約四時間、そこからさらに在来線で二時間。合計六時間も電車にゆられてここへやってきた。車両がひとつしかないワンマンカーの重い扉（なんと手動）を苦労して開けてホームへ降りた瞬間、むわっとした熱気がまといつく。

改札の手前には、鉄錆(さ)びた切符の回収ボックスがぽつんとあった。

『使用済みの切符あるいは運賃を、この中にお入れください』

箱にはそう書かれてある。郵便受けみたいな、あるいは鳥の巣箱みたいなデザインには見憶えがあった。昔、お盆やお正月に家族とここへやってくるたび、このボックスに切符を入れていた。かさり、と切符が落ちる小さな音まで憶えている。当時はまだこんなにボロボロではなかったと思うけど……。

かさり——。箱の中に切符を投じて久しぶりにその音を聞き、さて、と周囲を見わたす。今しがたの電車で降りたのは自分ひとりだ。改札口にも、反対側の上り線ホームにも人影らしきものはない。下り線のすぐ背後にはブロッコリーみたいな山々がそびえていて、前方にはひたすら田んぼが広がっている。

今は七月中旬だ。刈り取り前の青々とした稲穂が風にゆれて、うねっている。まるで緑色の海のよう。絵画的な景色というか、絵はがきみたいな光景というか。海とか山とか自然とかの癒し系動画チャンネルの中に入り込んでしまったような気分になる。

「……いい夏休みにしなくちゃね」

敢えて声に出して、つぶやく。

「ひと夏まるまる休めるなんてフランス人のバカンス並みよ。うんとのんびり、まったりしてやるんだから！」

こぶしをぎゅっと握りしめ、無人のホームで高らかに宣言する。わたし以外に誰も聞いていなくとも。

本日よりここ、藍川村でしばらく暮らすのだ。少なくともひと月……ううん、思いきってふた月は。大丈夫、失業保険の手続きはちゃんとしてきたし、ここへくる前に受けてきた再就職先の面接もいい手ごたえがあったのだし。なにも心配することはないのだから。

キャリーケースを引いて駅舎を出ると、辺りはがらんとしている。タクシーはおろか、商店も人家らしきものも見えない。田んぼの海を二分するかのような一本道が、駅からまっすぐに伸びている。

ここはほんとうに日本なのだろうか。アメリカの中西部かどこかみたいだ（いったことないけれど）。

「おばあちゃんの家まで歩くのは……きついなあ」

昔、祖母がまだ健在だった頃は、電車の到着時刻を見計らって車で迎えにきてくれた。祖母の家へは車で五分ほどだったろうか。自動車なら数分の距離だけど、歩くとなるとどれくらいかかるだろう。

地元のタクシー会社を検索しようとショルダーバッグから携帯電話を取り出すと、まさかの圏外になっている。

「うそ……」

ぶんぶん振るけれど、依然として圏外だ。こんなことなら一駅手前の、隣町の有人駅で降りたらよかった。少しでもタクシー代を節約しようと倹約精神を出したのが仇となった。

仕方がない。道順は分かっているから歩いていこう。六時間も座りっぱなしだったので、ウォーキングにちょうどいいはず。

「そうよ、なにごともポジティブシンキングにね。前向きでいかないと」

キャリーケースの取っ手を握り、いざ、村へと続く道を歩きだす。

数分後、早くもわたしは汗びっしょりのへろへろになっていた。

きつい。これはかなり……本気できつい。北陸地方の夏を正直いって舐めていた。東京に負けないくらい気温が高い。加えて一本道なので、日射しを避けるものがない。強烈な光が全身をじりじり照りつける。炙り焼きされてるみたいだ。

「帽子か日傘でも……持ってくれば……よかった」

キャリーケースがだんだん重くなってきた。車輪の音がガタガタとうるさくて、引いている腕が痺れてくる。歩いても歩いても景色がいっこうに変わらないので、さっきからぜんぜん進んでいる気がしない。額から流れる汗が目に入る。濡れたブラウスが背中にぺったりと張りついて気持ち悪い。

暑い。喉が渇いた。疲れた。シャワー浴びたい。おまけにお腹が空いてきた。今日は朝、出がけにサンドイッチを食べたきりで昼食をとっていなかった。こんなことなら駅弁でも食べておいたらよかった。

片側一車線の道を延々と歩き続けていくうちに、ふと、以前観た映画のなかの情景が頭に浮かんできた。『マイ・プライベート・アイダホ』という、わたしが生まれるずっと前に若くして死んだ美形俳優が出ている映画だ。

それはこんな場面だった。

この道とよく似た感じのアイダホの田舎町のハイウェー。傷ついてボロボロになった主人公が道の真ん中を歩いている。そして突然意識を失う。そこへ車がやってきて、運転手は主人公を車に運び込んで、走り去ってゆく。そんなラストシーンだった。最後、画面にはこんな言葉が浮かんできた。

〈have a nice day〉

主人公は、はたして親切な人に助けられたのだろうか、それとも……。ハッピーエンドなのかサッドエンドなのかよく分からない、だけどやけに心に残る終わり方だった。

「よい一日を……か」

ぼそりとつぶやく。そんなもの、わたしにはしばらくなかった。毎日がきつくて苦しくて、しんどかった。だからここへきた。逃げてきた。でも、それでほんとうによかったのだろうか……。

「だ、だめ！　悲観的になるの禁止！　いい、なつき。分かった？」

油断したらすぐに落ち込みそうになる自分を叱咤(しった)する。それにしてもあんまり暑いから、ちょっと休憩しよう。

道路脇にキャリーケースを横にして寝かせ、そこへ腰を下ろす。ハンドタオルで顔を拭くと汗と一緒にメイクも流れ、マスカラもアイライナーも落ちてしまう。広げたタオルを頭にかぶせ、しばらくそのまま座っていると、疲れが出てきたのか眠たくなってくる。

（だめ……あの映画の主人公みたいに、こんなところで寝落ちしちゃだめ……変な人にさらわれたら……どうすん……の）

頭のなかから注意喚起の声が聞こえてくるけれど、まぶたが重くなり、こっくりこっくりしてしまう。

キキーッ。ブレーキ音が耳に入り、途端ぱちりと目を開ける。

（ん……？　車の、音？）

タオルを頭から取ると、藍色に近い青い車がわたしの真横に停まっていた。運転席の窓から眼鏡をかけた男性が顔を出している。

「どこまでいくの」

（あ、怖そう）

その人を見るなり、そう思った。頬骨の高い顔立ちに短く刈り込んだ黒髪。四角いフレームの眼鏡。あご下には無精ひげがある。細めの目は知性的に見えなくもないけれど、全体的には無骨な感じだ。その人はわたしをじっと見つめて、言う。

「送るから乗りなさいよ」

「い、いえ。けっこうです」

弾かれたバネみたいにぴょんと立ち上がり、キャリーケースを引いて再び歩きだす。

（な……ナンパだわ）

びっくりしたのといくばくかの恐怖心で──なにしろ周囲には誰もいないので──心臓がばくばくする。

（まさかこんな田舎道でナンパをされるなんて……東京でもされたことなんて……ないのに）

ああ、やっぱり一駅前で降りたらよかった。

早歩きで進むわたしのすぐ横を、車はスピードを落として並走してくる。やだ、ついてこないで、と心のなかで言う。

「乗りなさいって。そんな大荷物で、帽子もかぶらずに歩いていたら熱中症になるよ」

その人はなおも話しかけてくる。

「お気遣いくださってありがとうございます。でも大丈夫ですので」

そっけなく、だけど失礼にならないよう答えるけども、向こうはしつこい。

「大丈夫じゃないだろう。あんなところで座り込んで。この辺はタクシーなんて走ってないよ。遠慮しないで乗りなさい」

絶対だめ。乗ったら最後だ。さらわれて犯されて、最悪殺されるかも。

「ほんとうに大丈夫です。どうぞ、お先にいってください」

「あのねえ、人の親切を無下にするもんじゃないよ。このまま歩いていったらたぶんきみ、ぶっ倒れるよ」

脅かすような言い方に、暑さと空腹と疲れと眠けと喉の渇きも手伝って苛々(いらいら)してきて、

「ナンパでしたらけっこうです」

と、ぴしゃりと言ってしまう。

「まだあとをついてきたら、警察に通報しますよ」

精いっぱいの険しい表情でにらみつけると、窓越しに太い腕がぬっと伸びてきて、カード状のものを渡される。

「ナンパじゃないです。医者ですよ」

「え」

運転免許証によく似たそのカードは「医師資格証」なるものだった。氏名に生年月日に日本医師会の会員ＩＤ、ならびに医籍登録番号が記されている。カードの左側には、この男性のひげなしの顔写真が載っている。名前は〝千秋秀(ちあきしゅう)〟。年齢は四十歳。ちょうどわたしの十歳年上だ。

「お医者さま……でしたか」

「納得していただけましたか?」

彼は紺色の半袖Vネック(後で知ったけれど、それはスクラブという医療用の服だそうだ)の胸ポケットにカードを戻すと、後部座席のドアを開ける。

「繰り返すけど熱中症になる前にどうぞ乗ってください。もしそうなったらあなた、どうせうちの診療所に運ばれてくると思うので」

「うちの診療所って……あの、藍川村診療所のことですか?」

わたしの問いに、「そうだけど」と彼はうなずく。

「この道をずーっとまっすぐいって左に曲がって、次に右に曲がって、北町集落の端っこにある、あの診療所ですか?」

「なんだ知ってるのか。あなた、地元の人なの? てっきり旅行者かと思った」

「わたしっ、そこの隣の家の者なんです。おばあ……蒲生ミユキの孫なんです」

おばあちゃん、と言いかけて祖母の名前を口にすると、彼は驚いたのか、ほんの少し目を見開く。

「ああ。ミユキさんちの」

「はい」

彼は祖母を下の名前で呼んだ。改めてわたしをじっと見て、

「なるほど。目もとがおばあさんに似ていますね」

父方の祖母は二年前に心疾患で亡くなった。藍川村の北町集落の一番奥まった番地に、祖父に先立たれてからずっとひとりで暮らしていた。祖母の家の隣には、たしか診療所があった。わたしの憶えている限り、そこの先生は年をとった男性医師だったけど……。

「そうでしたか。しかしすごい奇遇ですね。お隣さんだなんて」

「は、はあ」

「まあ立ち話もなんですし、乗ってください。僕も往診帰りでね、早く戻らんと」

彼は車を降りるとキャリーケースをひょいと持ち上げ、後ろのトランクに入れてくれる。

「さあどうぞ」

「あ……はい」

なんとなくこの人のペースになって「お邪魔します」と後部座席にこわごわ乗り込む。

彼は運転席に戻ると、助手席に置いてある黒いカバンから経口補水液のペットボトルを取り出して「どうぞ」と差し出す。

「ぬるいけど、脱水症状を起こさないために飲んだ方がいい」

「……すみません」

受けとって封を開けるなり、ごくごくと半分くらい一気に飲んでしまう。ほんのり甘く、かすかにしょっぱいその液体は渇ききった体内に沁み込んだ。

車が発進する。冷房のきいた車内には独特のにおいがした。夏の日のプールみたいな、病院にいるみたいなにおいだ。鼻をくんくんさせると、

「消毒液のにおいがするでしょう」

ルームミラー越しに、おだやかな視線を当てられる。はっとして鼻を押さえるわたしに、

「目まいや頭痛はしませんか?」と訊いてくる。

「さっきの一本道はね、〝熱中症通り〟って呼ばれてるんですよ。毎年夏になると、駅から歩いてくる人たちのうち何人かが、必ず途中でぶっ倒れて診療所に運ばれてくるんで」

「そうなんですか」

「昔はそんなこともなかったそうですけどね。温暖化の影響かな」

そんなことを話しながら車は〝熱中症通り〟を抜けて、商店が点在する村の中心地へ入る。道路沿いに小さなスーパーや電器店、薬局などが並んでいる。その他に役場と農協、郵便局も。大通りを通りすぎると再び田畑が広がる。

「こちらのみなさんは、買いものはどうしているんでしょうか」

「そうですねえ。さっきの商店なんかで済ませる人もいれば、隣町にある大型スーパーまでいく人も多いですね」

のんびりとした口調でその人は答える。

「僕なんかはさっきのスーパーを利用してます。それに、方々で野菜を直売りしてるんですよ」

ほらあそこ、と窓の外に視線を向ける。畑のそばに野菜販売所があった。店番の姿はない。駅同様に無人のシステムなのだろうか。

「あれって大丈夫なんでしょうか。その……お金を払わないで野菜を持っていかれたりとか、しませんかね」

「そういう不心得者もいるかもしれませんね」

わたしの言葉に、やっぱりのんびりとそう言う。

車は北町集落に入る。道路の幅が狭くなり、瓦葺き屋根の日本家屋が増えてくる。家と家の間に塀やフェンスといったものはなく、どのお宅も庭が広くて縁側が丸見えだ。

集落の最端にある診療所に到着する。医療施設というよりも民家を改造したような、小ぢんまりとした建物だ。

低いブロック塀が申し訳程度に敷地をぐるりと囲み、「藍川村診療所」と書かれた年季の入った看板が、入り口横の壁面に打ちつけられている。診療科目と診療時間と休診日が記されて、その下に「診療所医師　千秋秀」とあった。この部分だけ比較的、文字の色が新しい。

庭と一体になった駐車場に車を停めて、先に降りたこの人がトランクからキャリーケースを出してくれる。

「荷物はこれで全部ですか」

「はい。どうもあり……」

お礼を言おうとしたそのとき、玄関扉が勢いよくがらっと開く。おかっぱ頭に半袖の体操着姿の女の子が立っている。

「秀ちゃん先生かえってきたよーっ」

その子は家のなかに向かって叫ぶと、まじまじとわたしを眺める。まるで人間を初めて見た猫の子みたいに。それから再び室内へ大きな声で呼びかける。

「秀ちゃん先生が彼女つれてきたーっ」

わらわらわら……と何人もの人が出てくる。全員年配の女性だ。なぜかどの人も手拭いを首に巻いていたり、フードのついた帽子をかぶっている。ある種の統一感がある。

「あれあれ千秋先生、新しいヨメさんけ？」

「若センセ、あんた往診にいくなんつって、ちゃっかりデートしてきたんけ」

「あんた（これはわたしに向かって）、細いねえ。これ食え」

藍川村診療所
桐生のり子

そう話しかけてきたおばあさんは、キュウリの入ったビニール袋を持たせようとする。

「え、あ、あの」

取り囲まれて泡を食っていると、

「はいはーい。今から午後の診療はじめますから、みなさんどうぞお入りくださーい」

秀ちゃん先生、千秋先生、若センセと、さまざまな名で呼ばれたその人は、手をぱんぱんと叩く。

「センセ、照れてんだけ？」「おら昨日から腹が張って」「父ちゃんの血圧の薬、もらいにきたんだけどよう」

女性たちは口々に彼に話しかけて、ぞろぞろと診療所へ戻っていく。

「じゃあ、僕もここで失礼します」

往診カバンを手にした彼にそう言われ、「あ……はい。どうも」とわたしひとり、庭先に残される。手にしたキュウリは新鮮で、ちくちくとトゲがあった。

木造平屋建ての、おそらく築五十年は経っている一軒家。玄関には「蒲生豊吉、ミユキ」と祖父母の表札がかけられたままだった。

「お邪魔しまーす」

一応声をかけてから、からからと戸を引いて室内に足を踏み入れる。ひんやりとして、かすかにかびくさい。人の住んでいない家のにおい——荒廃のはじまりかけているにおいが漂っている。

家じゅうの雨戸を全開にして、まずは空気を入れ替える。電気にガス、水道はまだ通っているので、お風呂場へ直行してシャワーを浴びる。汗でべたついた肌に冷水が気持ちい い。持参したバスタオルで全身を拭くと、洗面台の鏡に全裸の自分が映っている。

卵型の顔に二重まぶたの目、通っていなくもない鼻すじと小さな口。各パーツはそう悪くないと思うのだけど、全体として見ると普通というか地味というか、ひと言で言うと「十人並み」だ。化粧をしてもしなくても、あまり差のない風貌。

以前はあご下で切りそろえていた焦げ茶色の髪は、今は肩まで伸びている。髪よりも眉毛の色の方がやや濃くて、そのせいか生まじめそうな感じに見える。

Tシャツとワイドパンツに着替えると、何か食べるものはないかと台所の戸棚をあさる。袋ラーメンの買い置きがあった。消費期限はぎりぎりセーフだ。乾燥わかめとお麩もある。

鍋にお湯を沸かして、お腹がぺこぺこなので二袋分茹でてしまう。そこにわかめと麩をぶち込んで、さっきいただいたキュウリを薄切りにしてフライパンでから炒りする。味つけは塩だけ。考えるよりも先に手が動く。手を動かしていると気分が落ち着く。

両親ともに働いていたので、中学生の時分から台所には立っていた。年の離れた妹がしょっちゅう「おねい、お腹へった」と言ってくるものだから、あるものでぱぱっと作るのが得意になった。そうして料理が好きになり、仕事にも生かされた。

大きなどんぶりにわかめ&麩ラーメンを盛りつけて、その上に炒めキュウリをどんと載せる。仕上げに、ラーメンについていた小袋のごま油と白ごまをかける。

「いただきまーす」

即席ラーメンなんて久しぶりだ。普段はインスタント食品はできるだけ避けているのだけど……。

(おいしい! 超おいしい! ラーメン最高!)

茶の間のちゃぶ台で、はふはふと夢中になってかき込む。スープも残さず飲み干して、ふう、とため息をつく。

「おばあちゃん……ラーメンなんて食べてたんだ」

意外な気がした。記憶のなかの祖母は、息子(わたしの父だ)一家が帰省すると必ず手料理でもてなしてくれた。山で採れた山菜の和えものや天ぷら、川魚のフライに地野菜の煮物なんかをよく食べさせてくれた。一方で、こんなインスタントラーメンも愛食していたんだ。

「ごちそうさまでした」

空になったどんぶりに手をあわせ、ちゃぶ台の下でごろりと横になる。

すでに西日になりかかっていた。日中の激しい暑さがやわらいで、空気にとろりとした心地よさがある。じーんじーんと蝉（せみ）の鳴く声が耳に響く。でも、それ以外の音はまるでしない。テレビの音も電車や車の交通音も、工事作業の騒音もいっさい聞こえない。自然の音しか存在しない。

寝転がったまま雨戸の外の空を眺めると、吸い込まれそうなほど高い。遠くに広がる田んぼ、さらにその後ろにそびえる山並みも含めて、どことなくアニメーションじみてさえ見えてくる。

悠々たる景色を眺めているうちに、ほんとにきちゃった……と改めて思う。ほんとうにここまできてしまった。車の免許もないくせに、自家用車がなければそうとうに不便そうなこんなところに、ほんとうにきてしまった。

（まあ……なんとか……なるよね）

満腹になったせいか、また眠たくなってきてしまう。

ジリリーン、ジリリリーン。

昔ながらの固定電話が鳴る音で目を覚ますと、部屋のなかは暗かった。灯（あか）りのひもを引っ張ってから玄関へ向かい、台に設置されている黒電話をとる。

「もしもし」

『あ、おねいだ。よかったあ。なんで携帯つながんないのー？　心配したじゃーん』

実家の妹からだった。九歳年下で今は大学三年生。わたしとちがって正々堂々たる夏休み中である。ここへくる前「おばあちゃんちに一緒にいく？」と誘ってみたけれど、サークルの夏合宿があるからとパスされた。

「ああごめんんね。なんだか駅の近くが、圏外だったみたいで。大丈夫、ちゃんと着いたよ」

電話の向こう側で『お母さーん。おねい、おばあちゃんちにいたー』と呼びかける声が聞こえてくる。

『お母さんからね、何か欲しいものがあれば送るけど、だって。それと戸締り用心火の用心ね』

「はいはい。分かった」

電話を切って、う〜んと伸びをする。時計を見るともう七時だった。二時間も眠ってしまっていた。

雨戸を閉めようと縁側に出ると、とっぷりと日が暮れていた。プラネタリウムみたいなみごとな星空が広がっている。昼間の青空もきれいだったけど、夜の空は迫力がちがう。星も月もくっきり見える。迫ってきそうなくらいに。

縁側に立ったまま、茫然(ぼうぜん)として夜空を見上げていると、隣家の二階のベランダに誰かがいるのに気がつく。煙草を吸っているのか、小さな赤い光が見える。すると向こうもこちらを見る。昼間の、車でここまで送ってくれた千秋先生だった。

ぺこりとお辞儀をすると、向こうもお辞儀を返してくる。

「どうですかー。立ちくらみとか、ありませんかー?」

芯のとおった太い声でベランダから問いかけてくる。

「あ、はい。大丈夫でーす」

声を張り上げて答えると、

「何かお困りのことがあれば、言ってくださーい」

「ありがとうございまーす」

そこではた、とこの人にまだちゃんと挨拶もしていなかったことに思い当たる。昼間あれだけお世話になっておきながら、名前も名乗っていなかった。

「あ、あのー。今からちょっとご挨拶に伺っても……よろしいですかー?」

わたわたとそう言うと、

「診療所はもう閉めてるんで、こちらへどうぞー」という返事がくる。洗面所の鏡で、顔に畳の跡がついていないか確認する。

急いで髪にブラシをあててリップクリームを塗る。


（すっぴんだけど……まあ夜だし、いいか）

玄関の戸に鍵をかけ、お隣の敷地内へ向かう。

診療所の後ろは民家になっていた。古いながらもしっかりとした造りの二階建ての家で、庭に小さな畑がある。暗くてよく見えないものの、支柱も立てられて整然と手入れされている。玄関扉に手をかけると、鍵はかかっていなくて、すーっと開いた。

「こんばんは」

おずおずと声をかけると、とんとんとん……と階段を降りてくる音がする。グレーのTシャツにジーンズ姿の千秋先生があらわれる。足もとは裸足（はだし）だ。

「すみません、おやすみのところをお邪魔して」

「いえいえ。ぼーっと一服していただけなんで」

家のなかは明るいけれど、他に人の気配らしきものはない。ひとり暮らしなのだろうかと思いつつ、

「今日はどうもありがとうございました。わたし、蒲生なつきと申します」

昼間のお礼と自己紹介を述べると、

「千秋秀です」

彼は礼儀正しく挨拶し返す。向かいあうと改めて長身の人だと感じた。背が高いだけでなく、肩や胸に適度な厚みがある。医師にしては不必要なほど立派な体格のような気もするけれど、それもまた患者さんにとっては頼りがいがあるのかもしれない。診療所でこの人の帰りを待っていた、何人もの患者さんたち（なぜかもれなく老婦人だった）を思い出す。

「しばらくここに滞在している予定です。どうぞよろしくお願いします」

「こちらこそよろしく」

といった挨拶をすませてから、何の脈絡もなく「ところでカボチャはお好きですか？」と彼は言う。

「カボチャ？　はい……普通に好きですが」

「そう。じゃあちょっと待っててください」

千秋先生は玄関脇のチェストに置いてある園芸ハサミを手にして、庭の畑へいく。少しして、大きなカボチャを片手でかかえて戻ってくる。「どうぞ」と渡される。ずんぐりとしてかなり重い。二キロはありそうだ。皮はきれいな深緑。

（スーパーで買ったら五百円はしそうね……）

なんて、生活感丸出しの感想を抱いてしまう。

「いただいてもよろしいんですか」

手の間から落っこちないよう、しっかりとカボチャを抱いてそう言うと、

「どうぞどうぞ。作ったのはいいんだけど、どうやって食べればいいのか分からなくて」

千秋先生は、やれやれというふうに首を振る。

「こんなことならトマトかキュウリにでもしとけばよかった」

「あの、よろしかったら、なにか作ってお持ちしましょうか？」

そんな言葉がするりと口から出てきて、驚いた。向こうも思いがけなかったのだろうか、まじまじとわたしを見ている。

「いや、それは嬉しいけど、面倒でしょうし」

「そんなことないです」

今度ははっきりと、そう言う。

「こんなに大きなカボチャ、ひとりでは食べきれませんし。それに今日、車に乗せてくださったお礼も兼ねて……といいますか」

「そうですか。では、お言葉に甘えまして」

そうして明日の夜、カボチャ料理を作って持ってくるという流れになる。

家に戻ってから（おいおい）と内心でつぶやく。さっそくご近所づきあいなんてものをしちゃっているよ、わたし……と。

どうしちゃったの。東京生まれの東京育ちで、これまで隣近所との交流なんて一切してこなかったのに。ここではのんびりと、それこそ誰にも干渉されずに過ごす予定だったのに。

ともあれ、おいしそうなカボチャだった。ちゃぶ台に置いてこんこんと叩くと、身の詰まったいい音がする。頰をつけるとひんやりと冷たい。遠くの田んぼの方からカエルの鳴き声が聞こえてくる。田舎の夏の夜の音だ。

二

翌日は昼近くに目が覚めた。昨夜はエアコンをつけなくともいいくらい涼しかったのに、寝ている間に汗をかいたのか肌がべたつく。

「ようし、起きよう」

寝覚めのシャワーを浴びて頭をすっきりさせる。

今日の予定は家のなかの大掃除。それと、食料品および日用品の買いだしだ。昨日いただいいた残りのキュウリをかじって空腹を充たしてから、掃除にとりかかる。なにしろ丸二年間、空き家だったのだ。どの部屋にも隅の方に白い埃がたまっている。昨夜使った客用布団も湿っていた。

家の隅々まで掃除機をかけて、トイレも浴室も台所も磨き立てる。開け放した縁側に布団を並べ、日光を当てて湿気をとる。庭の雑草もしげっているので後で刈らなくては。

掃除がひと段落すると、充電しておいた携帯電話で藍川村観光協会のホームページを見てみる。「ようこそ藍川村へ」というトップページには、こんな紹介文章があった。

『人口約三〇〇〇人。山縣県の北東部に位置する、山と川と里が一体となった〝ふるさとの原風景〟のような土地です。山縣連峰を源とする清らかな藍川を中心にいくつかの集落が形成され、上流部には四季折々の渓谷美が、下流部は肥沃な優良農地となっています』

かつては農業と並んで林業も盛んで、昭和の終わり頃までは桐の名産地として知られていたらしい。だけど、これといった観光名所や歴史的建造物もないので、全体的にいまひとつアピール要素が足りないような。つまり、観光地ではない田舎の農村という印象だ。

紹介文の末尾は、こんな文言で締めくくられている。

『都会の喧騒から遠く離れた、ちょっぴりスローな時間が流れるこの場所で、あなただけのやすらぎのひとときを見つけてみませんか?』

「……必死だなあ」

つい、ぽろりとつぶやいて苦い気分になる。いやなことを思い出しそうになって携帯を切る。そろそろ二時だ。ランチタイムの終了間際で、お客さまが駆け込んでくる時間帯だ。今日は木曜日なので日替わりランチは——経費削減でメニューが変わっていなければ——鱈とジャガイモのキッシュだ。

(サラダにつけるプチトマトの数、ちゃんと守ってくれているかな……。二個じゃなくて三個よ、三個)

なんてことを心配している自分に苦笑してしまう。わたしにはもう関係のない場所なのに。

気持ちを切り替えて買いものに出かける。日焼け止めをしっかりと塗り、車庫から自転車を引っ張り出す。漕ぐとぎーぎー音がするけれど、なんとか走る。

北町集落の小道を抜けて、昨日通りすぎた大通りのスーパーへいってみる。「スーパー桐生」という名前だ。なかへ入るなり、一台しかないレジにいる七十代ほどの女性から、まじまじと見つめられる。小柄だけど、それを補って余りある目力だ。

(よ……よそ者だと思われているのかな)

ぺこりと頭を下げると、じっと視線を当てられたまま、会釈を返される。

プラスチックのカゴを手に店内を物色する。十畳ほどの空間にお菓子やパン、乾物、インスタント食品が並べられている。冷蔵エリアには手作りらしい総菜や生鮮食品もある。チェーン店ではない個人スーパーだ。

レジの女性の注視を感じながら食パンに牛乳、ひき肉、調味料などをカゴに入れていく。会計する間も遠慮なしに見られるものだから、いっそのことこちらから「暑いですね」と話しかける。

「お前さん、どこからきた？」

彼女は世間話をすっ飛ばし、ダイレクトに訊いてくる。

「東京です」と答えると「どこに泊まってんだ？」と、これまた直球を投げてくる。

「北町集落の方におります」

「北町の、どこ？」

「が、蒲生です」

「ああ。診療所の若先生んとこの隣け。ばあちゃんの墓参りにきたんけ？」

すごい。千秋先生と同様にうちの実家の所在地も、祖母が亡くなっていることも知っている。これが田舎の情報網というものなのか。

「は、はい。まあ」

曖昧に笑って支払いをすませると、

「これもってけ。お前さんとこのばあちゃん、よく買っていったんだ」

彼女は乾物コーナーからなにか持ってきて、買いもの袋に突っ込む。真ん中に穴が空いた、ドーナツとよく似た形の車麩の詰め合わせだった。昨日、台所の戸棚で見つけたのと同じものだ。

「あ、どうも。おいくらですか」

財布を取り出そうとすると「いい」と言われる。

「どうせ売るほどあるんだ。もってけ」

「あ……ありがとうございます」

お辞儀をして、ふくらんだエコバッグを肩にかけて店を出る。

ぶっきらぼうなもの言いに面食らってしまったけれど、一見客にも拘わらずおまけしてくれて親切な方だ。キュウリといいカボチャといい、これといい。なんだか昨日からもらってばかりいる。

田舎の方は気前がいいのだろうか。それとも〝よそ者〟に対する、一種のサービスのようなものなのか。いずれにせよここにいる間は「東京者はこれだから……」と言われないようにしなければ。

自転車の前カゴに荷物を入れ、もう少し大通りを見てまわる。

家、家、お店。家、家、家、お店……という具合に、住宅と住宅の間に商店がぽつぽつある。「桐生酒店」「桐生電器」と、先ほどのスーパーと同じ姓の店が多い。もしや村を牛耳っている一族なのだろうか。

薬局（ここも『桐生薬局』だ）で石鹸とシャンプー、ごみ袋を買って、帰る途中で昨日見かけた野菜販売所に立ち寄った。テーブルの上に玉ねぎ、人参、ジャガイモが竹製のざるに山盛りになって置かれている。値段表には「一つ五十円」とあった。本日も無人だ。マジックで木肌に「料金箱」と書かれた小さな木箱が横にある。

野菜もそうだけれど、箱ごと盗まれやしないだろうか。そういう心配がないのだろうか。玉ねぎを選んで箱に硬貨を入れると、ちゃりんと硬い音がした。ちゃんとお金が入っているようで、なんとなくほっとする。


帰宅すると、さっそく料理にとりかかる。

カボチャの煮物とクリームスープを作ろう。和風と洋風一品ずつで、バランスもいい。

ひき肉と玉ねぎを炒めてだし汁を加え、ぶつ切りしたカボチャを入れてふっくらするまで煮る。

べつの鍋でもカボチャを茹でる。こちらはスープ用だ。やわらかくなったら裏ごし器でこして牛乳でのばし、塩コショウで味を調える。クルトンの代わりにスーパーでもらったお麩を細かく刻んで混ぜてみる。

ガスの火のせいだろうか、作っているうちだんだん身体が熱くなってくる。頭も重い。換気扇のひもを引こうとしたら、くらりと目まいがした。あれれ、と思う。一日遅れの熱中症か。それとも、もしかして熱でもあるのか。

ともあれ料理は仕上げてしまわなくては。七時に持っていく約束をしたのだ。

煮物は冷ましてから両手鍋に、スープは熱いうちにステンレスの水筒に入れる。汗だくの服を洗濯機に放り込んでパーカーワンピースに着替えると、七時ジャストにお隣へ向かう。

鍵のかかっていない母屋の戸に手をかけて「ごめんくださーい」と呼びかけると、「あどうも」と背後から声をかけられる。昨日と同じ服装の、紺色の半袖にジーンズ姿の彼が立っていた。

「待ちましたか？　ちょうど表の方を閉めてきたところで」

たった今きたところです、と答えると、

「重いでしょう」

彼は鍋を受けとると、その場でふたを開ける。鍋のなかを見て「おお」と感心したような声をだす。

「おいしそうだなあ」

率直な言葉の響きに胸の弾みを覚える。汗だくになって作った甲斐があったというものだ。

「冷めても味は変わりませんし、もちろん温め直して召し上がってくださっても。それと、スープもどうぞ」

水筒を差し出すと、彼はいよいよ目を細めて嬉しそうな顔になる。

「わざわざすみません。大変だったでしょう」

「いえ、どうせ一人分作るのも、二人分作るのも同じですし」

「今日は何をしていました？」

「家の掃除をしたり、買いものに出かけたり……。そう、昨日教えてくださったスーパーにもいきました」

スーパー桐生のことを話すと、「あそこのおばさん、迫力あるでしょう」と言われる。お麩をおまけにいただいたと言うと、

「そりゃあすごい。僕はおまけをしてもらえるまでに、ひと月かかりました。蒲生さんはきっと気に入られたんですね」

そんな会話を交わす。この辺りは桐生姓が多いということも教わる。

「べつに親戚とかでもないようなんですがね。その土地その土地で多い名字ってありますから。あれかな、昔、桐の木がここの特産だったからかな」

「そうかもしれませんね」

ふしぎな感じがした。まだ出会って間もない人と打ち解けておしゃべりをしている。それが自分でもふしぎに思えた。

立派な体格といい精悍（せいかん）な顔立ちといい、ひげといい。こういうタイプの男性はどちらかというとわたしは苦手だ。迫力があって緊張させられるから。だけど千秋先生には、そういうものを感じない。普通に話して普通に笑っている。それが自分でもふしぎで、心なしか頬が熱くなってくる。

と、先生はわたしを見つめて、腕をすっと伸ばしてくる。反射的にどきりとすると、手のひらを額に当てられる。

「やっぱり熱がある」

「え」

「目も充血してますね。いつからこんな感じですか?」

お医者さまの口調になって訊いてくる。

「そういえば……料理をしている途中から……身体がだるくなってきたような」

そう答えると、

「なら寝てればよかったのに」

なんて言われてしまう。

「昨日も言ったでしょう。ここは都会とちがってほいほい救急車を呼んだり、くさるほど病院があるわけじゃないんだから。体調管理には気をつけないと」

お説教めいた言い方に、むっときた。ああそうですか。せっかく料理をお持ちしたのに、そうきましたか、と。

「どうもすみません。以後気をつけます。それではわたし、失礼します」

一礼して、すたすたと早足で敷地内をあとにする。

家に帰るなり、あの人の言葉で熱があるのを自覚したのだろうか、どっと身体が重くなった。どこかに薬箱があるはずだけど、探す気力がない。額をさわるとたしかに熱い。料理していた最中よりも上がっている。昼間、日に当てていた布団を床の間に敷いて、ふて寝するみたいに横になる。

湿気のとれた夏布団はお日さまのにおいがした。清潔ないいにおいだった。

布団に顔をつけて、においを吸い込みながら目をつむる。気だるい眠りがどろりと下りてくるのを感じる。

いやな夢を見た。夢というよりも回想だった。体調の悪さが悪夢を見させたのだろうか。

夢のなかのわたしはストライプ柄のショップコートに、カーキ色の前掛けをつけていた。つい先日まで勤めていた職場のカフェの制服だった。

厨房（ちゅうぼう）で調理作業をしていると、副店長がまたホールのお客さまを評することを言ってくる。

『三番テーブルのお客なんだけど、コーヒー一杯でどんだけ粘る気よ。うちはファミレスじゃないいんだからさあ』

『五番のお客さん、オーダーとるときまた〝いつもの〟だって。それほど常連じゃないっつーの』

周りにはアルバイトの子たちもいるし、そういうことは口にしないようにと注意すると、

『蒲生さんって、ほんとまじめだよね〜。冗談つうじない系でしょ』

彼女は笑ってわたしの肩をぽんと叩く。その指にはマニキュアがついている。落として

くるよう指示すると、

『分かりましたあ、店長さん』

悪意にならないぎりぎりの言い方と笑い方をしてスタッフルームへ向かう。夢のなかのわたしは、ため息をつかないように努力している。

自分と同世代のこの副店長は、社長の親戚だと聞いていた。一年前からここの店に配属され、指導がてら正社員同士として共に働いている。ゆくゆくはべつの支店の店長になるか、本社のどこかの部署に異動することになると思う――と本人が言っていた。

わたしたちは最初からウマがあわなかった。

価値観というか、仕事に対する向きあい方、考え方、言葉づかいまで。そういったことごとがまるで嚙みあわなかった。

バイト上がりから正社員に、そして店長として店を任せられるようになったわたしからすれば、彼女の腰かけ的な態度にもやもやしたものを感じてはいた。一方で向こうからすれば、同い年の上司にあれこれと指図されるのは、おもしろくなかったのかもしれない。

互いに大人なのだし、ウマがあうあわないは脇に置いて仕事をきっちりしようと思った。だけど、それが上手にできなかった。

バックヤードでお客さまをけなしたり、マニキュアやつけ爪を取るのを何度も忘れたり、遅刻癖が直らなかったり。それらにこまごまと注意し続けるうちに、向こうはすっかりわたしのことをうざい相手とみなしたようだった。

他のスタッフがいる前で『アタシ蒲生さんに嫌われてるしね～』とか『でも来年あたりアタシが店長になってるかもね』とか冗談まじりに言ってきて、そんな言葉の数々を憶えている自分もいやだ。

次第に毎日が憂鬱になった。朝、職場へ向かう足どりが重くなり、今日はどんな嫌味を言われるだろう、どんな悔しい思いをさせられるだろう、と考えてばかりいた。

職場ではがんばっていつもどおりに振る舞った。だけど帰宅したらぐったりして、食欲が落ちて、あまり眠れなくなった。家族には心配され、妹から『おねい、なんか疲れてない？』と言われてしまった。

今振り返るとよく分かる。わたしは彼女に舐められていた。軽く見られていた。何を言われても怒るまい、キレるまい、としていたのが裏目にでて、向こうを増長させていた。彼女のそうした言動は周囲にも伝播した。

わたしが店長になってから、ここの店では日替わりランチメニューをひと月ごとに変えていたのだけど、彼女はそれをやめませんか、と提案してきた。

『しょっちゅうメニューを変えられると、お客さんに訊かれたとき説明するの大変なんですよ。うちは洋食屋じゃなくてカフェなんだから、そんなフードメニューにがんばらなくても』

スタッフやバイトの子たちも参加する全体ミーティングのときに、そう発言した。

わたしが『フードメニューにがんばらないで何をがんばるんですか？』と問うと、向こうはこう言ってきた。

『なんか店長ひとりががんばってません？　ここ蒲生さんの店じゃないんですよ』

その日の午後、従業員用トイレの個室に入っていたら、洗面所で会話をする声が聞こえてきた。一人は副店長の例の彼女で、もう一人はアルバイトのリーダー格の子だった。声と話し方ですぐに分かった。

『蒲生さんって、ほんと必死だよね。がんばってますアピールしてさ。ランチメニューだって、ほとんどあの人が考えてんでしょ。そんなことしても給料上がるわけじゃないのに』

『がつんと言ってやりましたね。見ててちょっとハラハラしました』

『ま、社長一族の者として、どっちが上なのかちゃんとさせとかないとね。あの人のこと嫌いじゃないんだけど、な～んか鼻につくんだよねえ』

『いやいや、それ嫌いってことですから（笑）』

彼女たちが出ていくまで、個室のドアに背をつけたまま息をひそめていた。あのバイトリーダーの子は、わたしを慕ってくれていた（と自分では思っていた）子だった。何年もこの店で働いてくれていて、そろそろ正社員として上に推薦しようかと考えていたところだった。

ほんと必死だよね——その言葉がぐさっと胸に刺さった。

たしかにわたしは必死だった。学生の頃からここでアルバイトをして、社員として登用され、店長になり、必死に働いてきた。給料のわりに責任が重くて仕事内容もハードだけど、好きな仕事だったから苦ではなかった。ランチメニューをいろいろ工夫してお客さまを増やし、食事のおいしいカフェだとグルメレビューサイトで書かれるようにもなった。「ごちそうさま」「おいしかったです」そう言われると嬉しかった。そんなふうに、自分なりにがんばってきたつもりだった。

それが副店長の彼女の目には、鼻につくアピールとして映ったのだろうか。

ほどなくして本部からこんな通達がきた。採算面から考えて、今後ランチメニューは固定化すること。加えて直属の上司から、次の人事で副店長の彼女が店長になるだろうから、その補佐役をするようにとの内示を受けた。

無理だと思った。

彼女の下で働くなんて、べつの支店にでも飛ばされる方がまだマシだ。わたしはこれから店長となった彼女にあごで使われて、今よりさらにストレスフルな日々を送らなければならないのだろうか。

『そんなにいやなら辞めちゃえば』

つい妹に愚痴をこぼしたら、あっさりとそう言われた。

『んで、もっといいところ探せばいいじゃん。いやなところに我慢して居続けることないじゃん』

その手があった、と思った。言われるまで自分では思いもよらない考えだった。そうだ、やめよう。がんばっても報われないのなら、がんばるのをやめて逃げよう。

……というわけで、アルバイト時代も含めると十年間勤めた職場に辞表を出した。突然の退職に周囲はさすがに驚いていたようだけど、引きとめられることもなかった。

そうして今、ここにいる。働くことからも東京からも距離を置いて、のんびりしたい。失業保険の効いている間だけ、自分で自分に夏休みをあげたい。そんな思いで祖母の遺したこの家へやってきた。それに一応は再就職先の当てもあるのだし。だから。

(だから……ちょっとだけ休ませてください。元気になったらまた働きますから……今だけ……どうか)

誰に語りかけているのかも分からないまま、眠りながらそんなことを思い続けていた。

消毒液のつんとしたにおいが、どこからかしてくる。

「んん……くさ……い」

「ああ、ごめん」

上から低い声がして、熱でだるいまぶたを押し上げるようにして目を開ける。急に視力が落ちたみたいに室内がぼやけて見えた。近くに人影があると思ったら、千秋先生だった。

「あ……どうも」

さてはまだ、わたしは夢を見ているらしい。慣れない土地へやってきて、体調を崩して、気弱になってるものだから、昨日今日出会ったばかりのこの人の夢を見てるんだ……と。

「保冷剤を持ってきました」

千秋先生はタオルで包んだ、携帯電話くらいの大きさの保冷剤をわたしの額にあてる。かちかちに凍っていて、夢にしては感触がやけにリアルだ。

「食欲があるようなら何か食べた方がいいね。ちょっと台所をのぞかせてもらったけど、カボチャのスープ、あたためてこようか？」

「ええ、と……まだそんなにお腹は空いてないので……あとで自分でやります」

「そう。あとこれ、よかったら飲んでください」

枕もとにペットボトルが二本、置かれてある。それは昨日、車内で渡されたのと同じ銘柄の経口補水液だった。そこでようやく、どうやらこれは夢ではないことに気がつく。

（な……っ、なな、なんでここに……この人がっ！）

がばっと起き上がった拍子に、頭がぐらりとする。すかさず大きな手が背に添えられる。それはなんの他意もない病人をいたわる手つき、お医者さまの手つきだった。

「ど、どうやって上がり込んだんですかっ」

「鍵があいていた。不用心だよ」

自分のことを棚に上げて彼は言い、「ちょっと診ますね」と、わたしの首すじに指先を当てる。

「うん、リンパは腫れてませんね。明日になっても熱が下がらないようなら、うちに来てください。それと今日は風呂に入らないこと」

てきぱきとそう言うと、少し間をとり「さっきはすみませんでした」とつけ加える。

「せっかく料理を作ってくださったのに、失礼なことを言って申し訳なかった」

「い……いいえ、べつに」

予想外の言葉が出てきて返答に詰まる。かしこまって謝られると、かえって面食らって

しまう。あのあと千秋先生はわたしの容態が気になって、きてみたという。

「玄関先から何度呼びかけても、し～んとしていて。でも室内の明かりはついてるから、もしや倒れてるんじゃないかと思って、悪いけど上がらせてもらいました」

「それはどうも……ご心配をおかけしました」

どれくらいの間、この人に寝顔を見られていたのだろう。気まずくなって保冷剤を頰に当てて顔を隠すと、彼はすっと立ち上がる。

「では僕はこれで。ああ、どうぞそのままで。ゆっくり休んでください」

廊下の障子戸に手をかけて、そこでふと、思い出したというふうに振り返る。

「カボチャうまかったです。ごちそうさまでした」

消毒薬のにおいと共に彼がいなくなってから、わたしはつぶやく。

「……どういたしまして」

うまかった。ごちそうさま。そんな言葉を久しぶりにかけられた。

保冷剤の冷たさがほてった肌に心地いい。また眠たくなってきて、明かりを消すと布団に身を横たえる。なんとなく今度は夢を見ないで寝られる気がした。

三

朝になったら喉がひりひり痛んでいた。声をだすと「あ〜」と、みごとなハスキーヴォイスになっている。たぶん夏風邪だ。

床の間の棚の上にある薬箱を見つけだし、水銀の体温計で熱を測ると、三十七度弱。解熱剤などの薬はみんな使用期限が切れている。少し考え、お隣の診療所へいくことにする。

カボチャの煮物は昨日よりも味が染みていて、スープは甘味がでていた。食事を終えると身支度を整え、ちゃんと鍵をかけて出かける。

「ごめんください」

玄関の扉を引くと、待合室には先客が何人かいた。全員七十代以上だろう。談笑していたらしいのが、わたしがあらわれた途端ぴたりと静かになる。若干、居心地が悪い。

「あれえ、あんた、どうしたん。若先生に会いにきたんけ」

沈黙をやぶったのは、一昨日わたしにキュウリをくれたおばあさんだった。今日もここにいる。

「いえ……その、ええと」

広い待合室をきょろきょろと見まわす。合皮のソファとローテーブル。それとはべつにもう一組のテーブルと椅子もある。雑誌や新聞の挿し込まれたマガジンラックと、絵本や児童書が入っている本棚。

クリーム色の壁には、予防接種に健康診断の貼り紙の他、夏祭りのポスターも貼られている。仕切りで区切られた受付カウンターは無人だった。

「あのう、スタッフの方は……」

そう言いかけたとき、廊下の奥から女の子がやってくる。おかっぱ頭に体操着、右胸のゼッケンに〈桐生のり子〉と書かれてある。どこか見覚えがあると思ったら、『秀ちゃん先生が彼女つれてきた』と叫んだ子だった。

その子は、あっ、と口を開けてわたしを見上げ、カウンターに入ると用紙を一枚、手にとる。

「初めての方はこちらに記入してください。あと、保険証もお預かりします」

慣れた口調で問診票を差し出す。困惑するわたしをよそに、キュウリのおばあさんは女の子に笑いかける。

「のりちゃん、おばあちゃんの代わりに看護師さんしてるんけ?」

「うん。おばあちゃん今おトイレだから、のり代わりにきたの。あ、ここ。連絡先も忘れないで書いてください」

と、こちらはわたしに向かって言う。

「あ……はい」

指示されるまま用紙に記入していると、かっぽう着姿の女性が足早にやってくる。

「どうもすみません、お待たせしました。初診の方ですね。はい、保険証ちょっとお預かりします。のり、あんたはここでおとなしく絵本でも読んでなさい」

ふっくらとした身体つきの、化粧っけはないけれど、まず美人といっていい風貌の人だ。年の頃は五十代後半というところか。

「ここの絵本、もうぜんぶ読んじゃったもん」と言うのりちゃんに、

「なら夏休みの宿題をしてなさい。ここはあんたの遊び場じゃないの。いい子にできないなら、おうちに帰ってなさい。お返事は？」

「はあい」

のりちゃんはソファの端に腰を下ろし、両足をぷらぷらさせる。

「あの、書き終えました」

おずおずと、かっぽう着の女性に問診票を差し出すと、彼女はぱっと笑顔になる。

「はいどうも。蒲生なつきさんですね。順番がきたらお呼びしますので、しばらくこちら

でお待ちください」

　そう言うと廊下の奥へ戻っていく。そのままカウンターのそばで突っ立っていると、

「座ったら？」

　のりちゃんがお尻を少し横にずらして、スペースをつくってくれる。

「あ、うん。ありがとう」

　礼を言って隣に腰かける。のりちゃんはしげしげとわたしを見て、こんなことを訊いてくる。

「秀ちゃん先生の彼女？」

「ちがいます」即答する。

「でもこの前、秀ちゃん先生の車に乗ってたじゃん」

「あれは……駅から歩いてくる途中で声をかけられて、それで乗せてもらったの」

「じゃあナンパ？」

「っ……ちがいます。熱中症になるといけないからって……親切心よ、親切心」

「ふうん」

　と、他の人たちの視線が残らずこちらに向けられているのに気がつく。

「のりちゃん、この人け。千秋先生の彼女って」と言う人がいる。

「前の奥さんより、よさそうな人でねえの」と言う人もいる。

「あんたもやっぱり女医さんけ?」と、わたしに訊く人もいる。

「あの、みなさんどこか誤解をされているようですが——ちがいます」

のどの痛みをこらえつつ、かすれ声できっぱりと告げる。

「わたしはこちらの先生とは一面識もございません。したがって、彼女でもなんでもありませんん」

「そうけえ」

キュウリのおばあさんが残念そうな顔をする。

「せっかく若先生に、またいい人ができたと思ったんだけどなあ。そうけえ、あんた彼女じゃないのけえ」

と、そこでよせばいいのに、野次馬的な好奇心が湧いてしまった。

「またいい人……とおっしゃいますと……?」

わたしの聞きたそうな様子を察したのか、待ってましたとばかりに四方から次々と説明される。

「千秋先生ねえ、バツイチなんよ。何年前だっけねえ、奥さんが出ていったの」

「三年……いや、四年前かねえ」

「村の神社で結婚式やってねえ。モチ配ってねえ」

「そうそう。早いとこ子どもこさえとけばよかったんよ。そしたら奥さんも、ねえ」

「そうだなあ。いや、どうだかなあ」

これらの情報から推察するに、どうやら千秋先生は結婚して、離婚して、しかもそれは村の人たちに知れわたっているようだ。おそろしい。個人情報がだだ漏れだ。

「どうかね、あんた。バツイチはいやけ？」

キュウリのおばあさんからなおも勧められ、返事に窮して隣ののりちゃんを見ると、この話題に飽きたのか絵本をぺらぺらめくっている。そこへ「蒲生さん、診察室へどうぞー」という声が聞こえてくる。

「あ。ではちょっと、いってきます」

助かったとばかりにそそくさと、待合室をあとにする。


廊下を進むと突き当たりに水色のカーテンが引かれてあった。診察室はこの奥だろうか。くぐろうか、どうしようか迷っていると、

「どうぞ。お入りください」

聞き慣れはじめた低い声がした。なかへ入ると、白衣姿の千秋先生が椅子に座っている。

胸ポケットにペンを何本も入れて首から聴診器をかけている。そういう恰好をしていると、ほんとうにお医者さまなのだなあ……と今さらながらに思った。先ほどの看護師さんが横に立っている。

学校の保健室みたいな部屋だった。白いシーツの敷かれたベッド、幅広の診察デスク、カルテがびっしりと詰め込まれた棚。壁には年代物の木製の温度計がかけられている。

先生は問診票をざっと見て「どうですか。あれから具合は」と尋ねてくる。喉の痛みと微熱を伝えると、

「ちょっと胸の音を聞きましょうか」

「え」

胸の音とは、上半身裸になれということか。

(そ……そうだった。診察されるってことはつまり、そういうことよね……)

ひそかに動揺するわたしに、

「ああ、服着たままでけっこうですよ」

彼はあっさり言う。きい、と椅子を鳴らして座ったまま接近してきて、聴診器の先の円い部分をサマーニット越しに左胸につける。ん、とかすかに息を呑む。

「息とめないで。普通に呼吸をして」

「は、はい」

「そう。吸って、吐いて。そうそう」

医師特有のやわらかな言葉づかいだ。相手を不安にさせないような、穏やかな響きがある。

「はい、じゃあ後ろを向いて」

続いて背中からも聴診される。指でとんとんと触診もされ、最後に口のなかを診られる。

「大きく開けて。あ〜ん、って声だして」

これは恥ずかしかった。大口を開けて喉の奥まで見られるなんて、胸以上に恥ずかしいものがあった。でも、そんな素振りはつゆとも見せず言われたとおりにする。アイスの棒に似たもので舌を押さえられて、

「あ〜ん」

しわがれ声をだして、あんぐりと口を開く。

「ああ、ちょっと喉が腫れていますね」

予想どおり夏風邪と診断された。薬を処方するので数日間安静にするようにと言われる。

「すみませんね。さっきは小さいのがわちゃわちゃと」

診察の終わり間際、かっぽう着の看護師さんから話しかけられる。胸もとに〈桐生〉と

印字されたネームプレートがついている。さっきの〝のりちゃん〟はお孫さんなのだそうだ。

「学校が夏休みに入って、家でひとりで留守番させておくのも心配なものだから、ここにいさせてもらってるんです。うるさかったら、ぴしっと叱りつけてやってください」

「より子さん、そりゃ無理ですよ」

千秋先生がカルテに何か書き込みながら、わたしの代わりにそう答える。

「他人さまのお子さんを叱るなんてね、今の時代そうそうできませんよ。あとが怖いもん」「あらセンセ、大きななりして小さいことを」

より子さんはからからと笑う。その屈託のない感じはどこか、のりちゃんと似ていた。

「ではお大事に。桐生さーん。桐生トシエさーん」

わたしと入れ替わりに、キュウリのおばあさんが診察室へ入っていく。

待合室へ戻ると、のりちゃんは床に敷かれたカーペットに腹ばいになって絵日記らしきものに取り組んでいる。ページの上半分の絵のスペースには、かっぽう着をつけた女性と、おかっぱ頭の女の子と、もうひとり女の人が描かれている。

「夏休みの宿題してるの？」

かがんで声をかけると、のりちゃんは手を止めずに「うん」とうなずく。

「おばあちゃんと、のりと、お母さん」

ひとりひとり指さして説明してくれる。

「そう」

彼女はわたしを見上げ、「どうだった？　お注射された？」と尋ねる。

「ううん、ただの夏風邪」

「おうちどこ？」とさらに訊かれ、

「すぐ近くよ。ここのお隣」

「え、蒲生さんち？　のり知ってる。蒲生さんちのおばあちゃん、よくここにきてたもん」

「そうだったの」

びっくりする。まさかこの子も祖母を知ってるだなんて。

「うん。蒲生さんとここで遊んだり、おうちにもいったことある。おねえさん、親せきの人？」

「うん。わたしね、孫なの」

そう答える。あなたくらいの年の頃はよく遊びにきていたけど、大きくなったらめったに顔も見せず、お葬式にもこなかった不肖の孫娘なの……と心のなかでつけ加える。

「蒲生さん、お待たせしました。お薬三日分ね。それと保険証をお返しします。のり、床じゃなくてちゃんとテーブルの上で書きなさい」

より子さんが待合室にやってきて会計をしてくれる。


ちょうど薬が切れる三日後、薄皮がはがれるみたいに体調が快復する。喉の痛みも全身のだるさも消えて、すっきりとした気分で床を上げる。

朝風呂に入ってから携帯電話を確認すると、妹からショートメッセージが届いていた。

『おねい、三十路突入おめでとー！　今日からアラサーだねっ』

「はいはい」

適当なスタンプで返信をする。敢えて考えないようにしていたのだけど、実は今日、誕生日なのだった。本日をもって三十歳になった。

「アラサー、かあ」

どうも実感がない。子どもだった頃は三十歳というと、とても大人なイメージがあった。父や母をはじめ周囲の三十代以上の人はみんな〝大人〟に見えていたし、自分も自然とそうなるんだろうなあ、と思っていた。

だけど、こうして三十路を迎えてみても、未だ大人になれてる感じがしない。

携帯電話がぶぶっと震え、再び妹からメッセージがくる。

『誕プレをクール便で贈っといたからね！』

今度はちゃんと『ありがとう。そっちも合宿、楽しんでいってきてね』とメールを打ち、朝食の支度をする。寝込んでいた三日間で食料を食べ尽くしてしまったので、冷蔵庫は空っぽだ。また買い出しにいかなければ。

今日もいい天気だ。日射しは強いけれど、気持ちいい風が吹いている。白ブラウスにデニムという恰好で、大通りまで自転車をぎーぎーと走らせる。

スーパー桐生に入って「こんにちは」とレジ台の、先日お麩をおまけしてくれたおばあさんに会釈をする。おばあさんはじろりとわたしを見て「少し痩せたけ？」と言う。

風邪を引いて寝てたんですと答えると、袋詰めされたモロヘイヤを薦められる。地元の畑で採れたものだそうだ。みそ汁やおひたしにしてもいいし、刻んだら粘りけが出るのでごはんにかけてもおいしいという。せっかくなので買ってみる。

帰りにはお米屋さんを見つけて米を五キロ注文し、例の野菜販売所にも立ち寄る。今日の品はトマトとトウモロコシとズッキーニだ。赤、黄、緑の配色が美しく、三つとも買って料金箱にお金を入れる。

道をいく途中、人とすれちがうと挨拶をされる。十字路で車と出くわすと、どの車もこちらを先に進ませてくれる。ここではそういうのが普通なのだろうか。当たり前みたいに声をかけあい、譲りあい、独特の空気が流れている。

診療所の前までくると、のりちゃんが道路にしゃがみ込んでいた。今日も体操着だ。きっと自転車を停める。

「どうしたの。何か探しているの？」

「お絵かきしてるの」

視線を下げると、でこぼこしてひび割れたアスファルトに、豪快なタッチで大きな花が描かれている。「わあ、ヒマワリ上手ね」と言うと、「ヒマワリじゃない。花火」と訂正される。

のりちゃんは軽石でがりがりと打ち上げ花火の続きを描きながら、「去年、お祭りで見たの」と教えてくれる。お祭りとは来月、お盆の時期に開催される藍川村の夏祭りのことだろうか。診療所の待合室にも、スーパー桐生にもお米屋さんにも告知ポスターが貼られてあった。

「おばあちゃんと、お母さんとのりで見た。すっごくきれいだった」

「そう」

「どーん、って大きな音がした。これくらい」

のりちゃんは短い両手を大きく広げる。すると、きゅるるるぅっとお腹が大きい音を出す。

「お腹、すいてる?」

尋ねると、彼女はこくりとうなずく。

「お昼になったらおばあちゃんとおうちに帰って、一緒にごはん食べるの。それまでのり、待ってるの」

今は十時過ぎだ。正午までまだ二時間もある。自転車の前カゴに入っている野菜をちらりと見て、提案する。

「ね、のりちゃん。トウモロコシを買いすぎちゃったんだけど、よかったら食べるの手伝ってくれない?」

「いいよ!」

元気のいい返事がきた。のりちゃんは診療所へ駆け込むと扉を開けて、「蒲生さんちにいってくるねー」と大きな声をかけてこちらに戻ってくる。彼女を連れて帰宅する。のりちゃんは洗面所で手を洗うと茶の間に入り、

「あれえ」

すっとんきょうな声を出す。

「仏壇がないね」

そう。祖母が亡くなったのを機に、この部屋に設えていた仏壇は村の菩提寺で処分してもらったのだ。そう説明すると、のりちゃんは「ふうん」とうなずき、それでも仏壇のあった場所に向かってエア合掌をする。

ここへ遊びにくるたびに蒲生さん、つまりわたしの祖母から、まず仏さまにご挨拶しましょうね、と言われていたそうだ。

「そうだったの」

そういえばわたしも昔、そんなことを言われていた気がする。だけど、この子のように自然に仏壇に手をあわせようなんて気持ちには、ならなかった。身につくほど頻繁にこの家へはこなかったから。

のりちゃんに倣ってわたしも合掌する。それから台所へ向かう。

茹でてもいいけれど、夏祭りの話題の流れで焼きトウモロコシにすることにした。トウモロコシの皮を剝いてレンジで軽くチンして、焼き魚用の網にのせてガス火で焼く。網の上で転がしながら醬油をまぶすと、ぷ〜んと芳ばしい香りがしてくる。ちょっぴりバターもからめる。

「いただきまあす」

縁側に並んで座って食べる。のりちゃんは、しゃくしゃくといい音を立ててかじってゆく。「あまあい！」

歯にトウモロコシの甘皮をつけて、にっこり笑う。

「うん、甘いね」

焼きトウモロコシなんて久しぶりだ。生食でもいけるんじゃないかというくらい新鮮で、とてもおいしい。のりちゃんに負けない勢いで、わたしもかぶりつく。

「今年の夏祭りも、おばあちゃんとお母さんと一緒にいくの？」

問うと、彼女は口をもぐもぐさせてうなずく。

「そう。楽しみだね」

「うん」

そこへ「ごめんくださーい」と玄関から声がする。宅配の人だった。「冷蔵便です」と言われ、ずしりと重い段ボール箱を受けとる。ワインの三本セットだった。スパークリングにロゼに白。妹のメールに書かれてあった実家からの誕生日プレゼントだ。

縁側へ戻ると、のりちゃんはトウモロコシをぺろりとたいらげていた。

「ごちそうさまでした」

食後の麦茶を飲み終えると、「じゃあいくね」と帰っていった。

あと片づけをしながら考える。ワインもきたことだし、快気祝いも兼ねて夜はちょっとした誕生日ディナーを作ろうか。

トマトとズッキーニと、この前買った玉ねぎでラタトゥイユをこしらえようか。きっとロゼとあう。トウモロコシとモロヘイヤは、かき揚げなんてどうだろう。たぶんスパークリングと相性ぴったりだ。

「うん、そうしよう」

午後は庭の草刈りをして、シャワーを浴びて昼寝をした。障子越しに射し込んでくる光がやわらかなオレンジ色になってきた頃、目が覚めた。昼間は焼きトウモロコシしか食べなかったので、快い空腹感がある。

台所で夕食の支度をする。刻んだ玉ねぎとズッキーニを大鍋で炒め、そこへざく切りしたトマトを加えて野菜から出てくる水だけで弱火で煮込む。その間にかき揚げの準備をする。ボウルに天ぷら衣のタネを作り、包丁でこそぎ落としたトウモロコシの粒と、ちぎったモロヘイヤの葉を入れて、手でよくかき混ぜる。

キッチンテーブルに置いてあった携帯電話がメッセージを受信する。また妹からだろうか。液晶画面に目をやり、どきりとする。表示されている件名は『先日の面接の件につきまして』。

天ぷらダネでどろどろになった手を洗って携帯を摑む。先日の面接の件とは、藍川村へくる前に受けてきた再就職先の試験のことだ。

経験者優遇で募集をかけていた、やはり飲食系の会社だった。こちらに店長経験があったからなのか面接で話が弾んで、いい手ごたえを感じた。終わり際には面接官の方から握手まで求められた。

そろそろ返事がくる頃だと思っていた。もし採用だとしたら、最高の誕生日プレゼントだ。

（あ、でも、それならすぐ東京へ戻らないといけないかも……まあ、いいか）

わくわくしながらメールを開き、本文に目をとおす。

『先日はお忙しいところをご足労いただきまして、ありがとうございました。厳正なる選考の結果、誠に残念ではございますが今回は採用を見送らせていただくこととなりました。なお、お預かりしました応募書類につきましては……』

最後まで読んでから再び読み返す。あれ？　と首をかしげる。どこにも〝内定〟とか〝合格〟とか出社日、雇用形態について書かれていない。『蒲生様の今後一層のご活躍をお祈り申し上げます』というテンプレ的な文章で締めくくられている。

（ええと、これってつまり……つまり……）

メールアプリを閉じて携帯をテーブルに置く。冷蔵庫からきんきんに冷えた白ワインを取り出す。

ワインオープナーが見つからないので裏技を使う。スプーンの柄の部分をコルクに当て、力いっぱい押して瓶のなかにコルクを落とし栓を抜く。手近なコップにとくとくと注ぎ、一気に半分くらい飲んで、ぷはあーっと息をつく。

落ちた。面接に落ちた。十中八九受かると思っていたのに……まさかの不採用だった。よりによって誕生日にこんな爆弾がくるなんて。図ったようなタイミングに、むしろおかしくなってくる。

「なんだか……なんだかなあ」

つぶやいて、コップに残ったワインを飲み干す。味がぜんぜんしない。どうやら舌もショックを受けているらしい。

料理をする気が急になくなった。ガスの火を止め、天ぷらダネが入ったボウルを調理台に残したままワインボトルとコップを持って縁側へいく。雑草を刈ってきれいになった庭を眺め、再びコップにワインを注ぐ。

ぐびりと呑んで瓶のラベルを眺める。ソーヴィニヨンブランだ。夏の季節にふさわしい、さわやかなワイン。なのに、安物の発泡酒でも呑むみたいにぞんざいな呑み方をしている。縁側の縁から、この前ののりちゃんみたいに足をぶらぶらさせて夜空を見上げる。月も星も美しい。だけど今の自分には、ちっとも迫ってこない。

これからどうしよう。

そんな思いがぐるぐると頭のなかを駆けめぐる。我ながら脳天気なことに、まさか落ちるなんて考えてもいなかった。面接が終わったあと、一週間以内にお返事を差し上げますと言われたものだから、ほぼほぼ採用されたと受けとめていた。だけどみごとに落っこちた。

なにがいけなかったのだろう。態度か、服装か、言葉づかいか。それとも経歴か。ひょっとして前の職場に問い合わせて、辞めたいきさつを調査した、とか？

（そ……そんなわけないいじゃない。いくらなんでも考えすぎよっ。単なる実力不足よ実力不足！）

それはそれで落ち込むものがある。コップに二杯目のワインを喉に流し込むと、隣の二階のベランダで一服している千秋先生と目があう。

（あ）

向こうも（あ）という表情をして、ぺこりと頭を下げる。慌てて会釈を返す。

「月見酒ですかー」

低く太い声で呼びかけられて、「はいー」と返事をする。そして——どういう気持ちがはたらいたのか、こんなことを口にしている。

「よろしかったら一杯、いかがですかー？」

千秋先生は数秒、考える様子を見せてから、煙草の火をベランダの柵で消す。

「では、呼ばれにいきまーす」

玄関口からではなく、庭の縁側の方から彼はやってきた。

「ずいぶんきれいになりましたね」

雑草のなくなった前栽（せんざい）を見まわし、トマトとキュウリの入ったビニール袋を差し出してくる。患者さんからいただいたものだという。

「お裾分けのお裾分けでアレですが」

お礼を言って受けとると、台所でスライスして大皿に盛り、塩をぱらりとかけて持っていく。ワイングラス代わりのガラス製のタンブラーも。雨戸も障子戸も開け放し、縁側の廊下にトマトとキュウリを盛りつけた皿を置いて、ワインを酌み交わす。

「うん、うまい」

スクラブ姿の千秋先生は、胡坐をかいてタンブラーに口をつける。どっしりとした佇まいが堂に入っている。

「ワインなんて久しぶりです」

「お酒はあまり吞まれないんですか？」

尋ねると、夜に急患の連絡がくることもあるので、できるだけ吞まないようにしているのだそう。藍川村へくる前は本人曰く「がんがん吞っていた」とのことだが。

「いや、久しぶりなのを差っ引いても実にうまいです。こんないいワイン、この辺では売ってないでしょう」

「実家から贈ってきたんです」わたしは言う。

「実は今日が誕生日でして。三十歳になりまして。それで」

言わなくてもいいものを、そんなことまでつけ加えてしまう。

「そうですよね。カルテに書いてありました」

と、千秋先生はタンブラーを宙に掲げる。

「誕生日、おめでとうございます」

わたしも自分のコップを手に持って、かちんと打ち鳴らす。気のせいか、さっきよりも白ぶどうの味がした。

「昼間はあの子に食べさせてくださって、ありがとうございました」

ぱりぱりと、いい音をさせてキュウリをかじりつつ彼は言う。〝あの子〟とはのりちゃんのことか。自分の子どもみたいな口ぶりが微笑ましい。

「今日の日記にさっそく書いてましたよ。なつきちゃんちで焼きトウモロコシを食べた、って」

「ああ。夏祭りの話が出たので。それで屋台っぽいおやつがいいかな、と思って」

「すごくおいしかったと言ってました」

「よかった」

スライストマトをつまんでかじる。さわやかな酸味と塩気が口のなかに広がる。

「この前のカボチャ料理もうまかったです。スープに何か、パンのみじん切りみたいなのが入ってましたね。あんまりうまいんで、プロの方かと思いました」

「……プロなんです。一応。いえ……でした」

てろんとしたロングスカートに覆われている膝をかかえて、言う。

「つい先日まで都内のカフェで店長をしていたんですが、いろいろあって辞めまして……今日、再就職の面接先から不採用メールがきちゃいまして」

てへへ、というふうに、眉を八の字にして笑ってみせる。

「三十歳で無職で独身です。恋人もいないし、将来の展望も見えないし、貯金もそんなにないですし……ないない尽くしですね。あるのは学資ローンの返済だけです」

おどけた口調で言うけれど、口にすると改めて気持ちが沈んでくる。

自分は判断を誤ったのだろうか。辛抱が足りなかったのか。副店長の彼女からどんなに嫌味を言われても、店長の立場を取られてしまっても、我慢して受け入れるべきだったろうか。こらえきれずに逃げ出したわたしが悪かったのか。それが今、こうして返ってきているのか。考えてみたら、ここにこうしていることも図々(ずうずう)しいことだった。だって――。

「わたし……祖母のお葬式に出なかったんです。二年前」

口が勝手に動いた。

「ちょうどその頃、店長になったばかりで、研修の期間中に祖母が亡くなった知らせを受けました。自分以外の家族はみんなお葬式にいったのに、わたしは研修を理由に欠席しました。子どもの頃……あんなにかわいがってもらったのに」

祖母はやさしい人だった。料理が上手だった。盆暮れくらいにしかやってこないわたしたちに愚痴めいたことは何も言わず、にこにこと迎えてくれた。そうされるのが当たり前だと思っていた。

お葬式にも出ないでおいて、今さら空き家になったここでしばらくのんびり過ごそうだなんて、勝手な話だ。そんな自分にバチが当たっているんだろうか。かもしれない。

「あなたのおばあさんのことはよく憶えています」

静かな声で先生が言う。

「僕の前任者の頃から診療所の常連の方でした。ここを引き継いで、まだ村になじめなくて試行錯誤しているときに、よく差し入れを持ってきてくれました。煮物とか漬物とか。うまかったなあ」

千秋先生はなにかを思い出そうとするように、眼鏡の奥の涼しげな目を細める。硬質な線の頬がうっすら赤く染まっている。

「だからかな。蒲生さんの料理を食べて、なんだかなつかしい味がしたんです」

「なつかしい……」つぶやくと、

「そう。なつかしくて、うまかった」彼はうなずく。

カエルの合唱を聴きながら、二本目のワインを開封する。シャンドンのスパークリングワインだ。千秋先生はまずわたしのコップに注いでくれると、手酌で自分のタンブラーにも注ぐ。しゅわしゅわと泡立つ透明な液体が喉をすべり下りる。

「すみません。つまらないことを話しちゃって」

酔いがようやくまわってきた。手足がぽかぽかして、両のこめかみに快いくらいの痛みがある。

「いえ」

彼は少し間をおいて、こんなことを口にする。自分も三十のときに大学病院を辞めたのだと。

「あなたと同じく三十歳で無職でした。奨学金も借りてましたし。それでもこうしてなんとかやってます。だから大丈夫ですよ。焦ることはありません」

ゆったりと、廊下づたいに響いてくるような声音だった。この人はわたしを慰めようとしてくれてるんだな……と思った。心づかいが胸に沁みて、知らず知らずに目が潤んでくる。

「どうかされましたか」

「い、いいえ」

涙に気づかれないよう顔を背けると、びゅん、と何かが空を切る音がした。ん？　と頭を上げると、黒っぽい大きな虫が茶の間をぶんぶん飛びまわっている。目が点になる。

「むっ……む、む、む、むしーっ！」

すっとんきょうな声が口から飛び出る。アブ？　ハチ？　それとも蛾（が）？

「ああ、カナブンだ」

千秋先生は平然としている。「大丈夫、刺しませんよ」

虫はぴたっと壁にとまると、気のせいかわたしをじっと見つめる。そしてこちらに向かって飛んできた。

「いやーっ、こないでーっ！」

逃げようとして足がスカートの裾を踏んづけ、ぐらりとよろける。

「あ――」

大皿の上に転げそうになる寸前で、太い腕にがしりと抱きとめられて支えられる。

「大丈夫ですか」

「は……はい」

紺色のスクラブに顔を埋めて、うなずく。厚みのある胸もとは、かすかな汗と消毒液のにおいがした。そのときだ。プルパーカーの肩についているカナブンと目があった。

「きゃあーっ‼」

〝きゃあー〟なんて黄色い悲鳴、生まれて初めて出してしまった。

「かっ、カナブンがカナブンがっ……ついてる、あっちいってえっ‼」

腕をぶんぶん振って払い落とそうとすると、かえってカナブンは顔に近づいてくる。と、大きな手で肩先が押さえられる。

「大丈夫。じっとしてて」

千秋先生はカナブンを手づかみすると、「ほれ」と宙に放す。カナブンは羽音を立てて同じ色をした夜空に吸い込まれていった。

（よ……よかった）

ほう、と大きく息をついて、再びぎょっとする。すぐ目の前にこの人の顔がある。眼鏡にぶつかりそうなくらい、互いの呼吸が当たりそうなくらい近い。しかもわたしは彼の膝の上に乗り上がっている。

「ご、ごめんなさ」

立ち上がろうとすると、腕を掴まれる。その力強さに心臓がびくんと跳ねる。

突然、空気の流れがゆっくりになるのを感じた。レンズ越しに切れ長の目を当てられて、げこげこと鳴くカエルの声がすーっと遠ざかっていく。顔が熱くなる。耳も首も全身も。そのままごく自然に、気づいたら唇がふれあっていた。

（ん）

まるで人工呼吸のようなキスだった。呼吸と一緒になにかが吹き込まれてくる。そんな感じがした。

彼の唇はかさついていた。リップクリームで手入れをしていない唇、男の人の唇だった。

それがわたしの唇をふわりと包み込んでくる。久しぶりの感触だった。

口と口の隙間から舌が潜り込んでくる。そのためらいのない動き方に、自分のどこかがざわつく。口内でワインの残り香がふくらむ。さわやかで香気高いシャンドンの風味が昂ぶりに拍車をかけ、互いに舌を絡ませる。吸って、舐めて、また吸って。慣れ親しんだ者同士みたいな遠慮のないキスを交わす。

頭の奥が痺れてくる。脳が直接ワインに浸されているような、濃い酩酊感が広がってゆく。口のなかから濡れた音が聞こえてきて、こくんと喉を鳴らす。キスをしながら相手の唾液を飲むなんて初めてだ。

広い背中に手をかけると、応えるように抱き返される。がっしりとした胸のなかに閉じ込められそうな感覚に、陶然としかける。誰かに抱きしめられるのがこんなに心地いいなんて長いこと忘れていた。今、思い出した。

「ん……っん、ぅ」

キスがいよいよ深まってくる。口のなかを余さず舐められ、舌を軽く、甘く噛まれる。背にまわされている堅い手がするすると下りていき、パーカーの裾から内側へ侵入してくる。素肌を直に撫でられて、ぴくんとわななく。この感覚も久々だった。

そのまま手のひらは脇腹をなぞり、ブラジャーの留め金までたどり着く。器用にも片手

で外されようとする寸前、

〈チャーチャッチャチャッチャッチャララ～〉

　ぴたりと千秋先生の動作が止まる。この場の雰囲気にそぐわない朗らかな電子音が鳴り響く。彼はジーンズのお尻ポケットから携帯電話（なんと折り畳み式のフィーチャーフォン）を取り出すと、わたしを膝に跨(またが)らせたまま「どうしました」と電話に出てしまう。

「ああそう。お腹が痛いの。熱は？　そうですか。じゃあね、今からいらしてください。いえいえ大丈夫ですよ。はいどうも」

　電話を切ると、ずれている眼鏡の位置をくい、と指で直す。

「ええと、これから患者さんがくることになりまして」

「……そのようですね」

　互いに我にかえって沈黙する。急激に気まずさが押し寄せてきて、とりあえず彼の膝から降りる。

「どうも……その、お邪魔しました。ワイン、ごちそうさまでした」

　先生は縁側の下にそろえてあるサンダルを履き、立ち上がる。

「こ、こちらこそ……どうも」

「では失礼します。おやすみなさい」

「は、はい。おやすみなさい」

庭から去っていくその後ろ姿を、茫然として見送る。

(え、ええと……さっきのはいったい……)

げこげこ、げこげこげこ。

カエルの鳴き声が耳に戻ってきた。またカナブンが飛んでこないように網戸をぴしゃりと閉めると、コップに残っている気泡の消えたワインを飲み干す。なぜかいっそう喉が渇いた。口のなかが、からからになった。

第二章　オトナな先生の官能的なキス

一

「なーつきちゃーん、こーんにちはー」

午前十時ぴったりに、今日も玄関口から明るい声が聞こえてくる。

「はーい。どうぞあがってー」

台所で白玉だんごを作りながら返事をする。

茹でただんごを氷水で冷やしたのを、半分はフルーツ缶詰とあわせて、もう半分にはきな粉と砂糖をまぶす。皿によそって茶の間へ運ぶと、のりちゃんはちゃぶ台の前でちょこんと正座している。

「手はもう洗った?」

「うん」

「じゃあいただきましょうか。フルーツ白玉ときな粉白玉、どっちがいい?」

「きな粉!」

小二にしてはなかなか渋い選択だ。久しぶりに作ったわりにはよくできた。もちもちとして、とぅるんとした喉ごしだ。途中で取り換えっこをして、ものの五分たらずでわたしたちは食べてしまう。

「おいしかったあ。ごちそうさまでした」

「あ、のりちゃん。帰るとき白玉の残り、持っていってね」

忘れないうちに言っておく。取り分けしたのを冷蔵庫で冷やしてあるのだ。

「今日中に食べてくださいい、ってより子さんに伝えてね」

「秀ちゃん先生にも半分あげていい？」

「え」

ぴく、と肩先が動く。

「秀ちゃん先生、のりがおばあちゃんにおやつを渡すときいつも、じーっと見てくるの。だから昨日の蒸しパン、ちょっとあげちゃった」

昨日はズッキーニブレッドを作ったのだった。チーズと玉ねぎを入れた甘くないやつで、ケーキ型がなかったので炊飯器を使った。

「そ……そう。べつにかまわないけど」

手に汗がにじんできたのを、ジーンズでぬぐう。

先日の焼きトウモロコシにどうやら味を占めたようで、以来この子はちょくちょくと十時のおやつどきにやってくるようになった。そのたび、ちょっとしたものを作って一緒に食べている。余った分はより子さんにと、持っていってもらっている。お孫さんに変なものは食べさせていませんよ、という意味合いも兼ねて。

ごちそうさまをすると、のりちゃんはちゃぶ台の上に漢字ドリルを広げる。本人曰く、診療所の待合室はがやがやしていて、宿題が捗らないのだそうだ。

「なつきちゃんちは静かでいいなあ。人、誰もこないし」

まあ、一時滞在しているよそ者ですのでね……と心のなかで答える。

ドリルを埋めながら、のりちゃんは診療所でのあれこれを教えてくれる。こんな患者さんがきた、薬会社の営業の人がきた、学校のお友だちがプールで怪我して運ばれてきた、等々。今日の午前中には、なんと犬がきたそうだ。

「犬？」

「うん。こんな感じ」

自習ノートに絵を描いて説明してくれる。飼い主さんに抱きかかえられた犬のお腹に、眼鏡にあごひげの男性が聴診器をあてている図だった。シンプルな線ながらも特徴は摑んでいる。

「犬まで診てるの？」驚くわたしに、

「たまに」とのりちゃんは答える。この村には人間の病院もなければ動物病院もないのだそうだ。

「ものもらいになった人とか、妊婦さんもきてるよ」

「そうなんだ」

眼科に産婦人科までやってるなんて大変だ。加えて急な呼び出しにも応じているのだから、

（そりゃあ、おちおち酒も呑めないわよね……）

と、そこでまた例のアレを思い出してしまう。

「なつきちゃん、どしたの」

のりちゃんが首をかしげてわたしを見ている。「ほっぺた赤いよ」

「ク、クーラーをもうちょっと強くしようか。この部屋、暑くない？」

「ちょうどいい」

「そ、そっか。わたしが暑がりなのかな」

ぱたぱたと片手で顔を扇ぐ。

ドリルを終えたのりちゃんが、白玉の入ったタッパーを手に「おじゃましました」と帰っていくのを見送ってから、ふう、とため息をつく。

どうも最近、落ち着かないというか情緒が不安定ぎみな気がする。唐突に心臓が跳ねた

り、手にびっしょりと汗をかいたり、さっきみたいにいきなり顔が赤らんだりしてしまう。原因は分かっている。一週間前に千秋先生とキスをしてしまったからだ。それもあろうことか酒の勢いで。

（ああ〜〜〜っ）

玄関の廊下で頭をかかえてうずくまる。

（酔っぱらってキスするなんて……バカじゃないの⁉　バカじゃないの、わたしっ。か、カナブンのせいよっ）

そう、酒とカナブンのせいだ。そうでなければなんだというのだ。敢えてもうひとつ、つけ加えるならば採用お断りメールで落ち込んでいたところを慰められた……というのも、ほんの少しはあるかもしれない。

（で……でもっ、だからってキスなんてする？　しないわよ、普通。ほんと……ほんとうになんで……あんな流れになっちゃったんだろう）

「お酒、やめよう」

その場にうずくまったまま、もう何度目かのその宣言をする。

この一週間というもの、できうる限りお隣との接触を避けていた。外出する際には診療所が混みあう時間帯を見計らい、夕方以降は縁側に出ないようにしている。というのも千秋先生は毎晩、母屋の二階のベランダで煙草を一服するのが習慣のようだから。そこからちょうどうちの庭が見下ろせてしまうから。

わたしとキスしたことを、あの人はほいほいと人に話したりはしないだろう。なんとなく、そういう節度は備わっているように思える。それよりもなによりも心配しているのは、自分が誰とでもすぐキスするような女だと、千秋先生に思われてやいないかということだった。

（膝の上に乗り上がっちゃったし……けっこう、その……自分からも舌とか……）

「ああ～～～っ!!」

声に出して呻（うめ）いてしまう。ちがいます、ちがいます。誰とでもそんなことをしているわけじゃあないんです。魔が、魔が差したんです。酒に呑まれたんです。ごめんなさい。ほんとうに申し訳ない！

聞いている人もいないのに、ぶつぶつと必死になって弁解する。この一週間こんなことをずっと繰り返している。千秋先生にあわせる顔がなかった。次に会ったとき、どんなふうに振る舞えばいいのか分からない。先生のことを思い返すたび、八歳の子に訝（いぶか）しがられるほど赤面してしまうなんて。

「三十歳どころか……これじゃまるで十代……」

そんなひとり言をこぼす。

翌日の午後、洗濯ものをたたんでいると玄関の方から「ごめんくださーい」と声がした。いってみると、より子さんだった。今日はかっぽう着ではなく、すとんとした緑色のワンピースを着ている。

「ごめんなさいね、突然きて。これ、返しにきました。ありがとうね、うちのチビにいつもおやつを食べさせてくれて」

空のタッパーが詰まっている紙袋を差し出される。

「あ……こちらこそなんだか……勝手な真似をしてすみません」

「ううん、とっても助かってるの。ほら、先生のところ、いつも患者さんでいっぱいでしょう。あたしも忙しくって、なかなかあの子にかまってやれなくてね」

今日は土曜日なので診療所は午前中のみ。のりちゃんは友だちと学校のプールへ泳ぎにいってるそうだ。玄関で立ち話というのもなんなので、茶の間へ上がってもらう。

「ああ、冷たくておいしい」

麦茶を出すと、より子さんはごくごくと飲む。

「昨日の白玉もおいしかったわあ。その前のズッキーニブレッドも、ずんだ餅もね」

ずんだ餅は、例の野菜販売所で売っていた枝豆で作った。豆の一粒一粒がぷりぷりしていて、茹でたてをそのまま食べたいくらいだった。

「こちらの野菜はみんな新鮮ですね。玉ねぎの皮なんて剝いたらパリパリ音がして。それに安いですし」

「そうなの」

より子さんはうなずく。「なんにもないところだけど、食べる分には困らないからねえ」と。

「ところでね」と一拍おいて、

「先生から聞いたんだけど、なつきさん、東京で料理人をしてたんですって？」

ごほっ――。

麦茶が気管に入ってむせた。ごほごほ、ごほごほごほっと咳(せ)き込むと、

「あらあら、大丈夫？」

より子さんが背中をさすってくれる。

（な……なんだって人の個人情報をつるっと洩らすのよ……信じらんない）

呼吸を整えつつ頭のなかでディスる。

「いえ、その、料理人といってもべつに、シェフとかではなくて……」

「カフェの店長さんだったんでしょう。カッコいいわねえ、ドラマみたい」

……千秋先生……。

「あのね、来月の十六日に夏祭りがあるんだけど、知ってるかしら」

わたしの背中に手を当てたまま、より子さんは話し続ける。

「たしか打ち上げ花火もあるんですよね。のりちゃんが言ってました。去年、お母さんとおばあちゃんと見たって」

「……ああ、そう」

より子さんが言うには、お盆で帰省している人たちや観光客などもやってくる、一年で一番この村がにぎわう行事なのだそうだ。花火大会の他、子どもたちの山車(だし)引きや盆踊りもあるらしい。

「だけどね、ほら、ここんとこ暴対法やらなんやらで行政がうるさいでしょう。去年からテキヤさんを呼ばないことになってね」

役場の方針で、お祭りにつきものの夜店を締め出したため、昨年はいまひとつ盛り上がりに欠けたという。

「婦人会で焼きそばと豚汁を作ったんだけどね、焼きそばはともかく豚汁が全然売れなくって。ほら、暑いから」

「お祭りやフェスにあう食べものは案外、限られてくるんですよね」わたしは言う。「歩きながら食べるのでクレープとかケバブとか、片手で持てるものの方がいいでしょうし。汁ものはこぼれやすいから。両手を使いますし」

「おお、さすがね」

より子さんは得たりという表情でうなずく。なので今年は、もっと売れるものを出したいのだという。

「ちなみにあたし、実行委員をやってるんだけどね」

「はい」

「なつきさん、よかったらお手伝いしてみる気なんて、ないかな」

「――はい?」

ぱちくりとまばたきすると、にっこりと微笑まれる。たとえるなら、注射をむずかる子どもに「痛くないわよ。すぐ終わるからね」と注射器を手に呼びかけるような感じで。看護師さんは優秀であればあるほどやさしいけど、絶対に注射を打つのだ。

「メニューはもうだいたい決まってるのよ。それについて何か、プロの意見やアドバイスをもらえたら嬉しいんだけど……どうかな?」

「は、はあ」

より子さんは朗らかな笑みを浮かべたまま、明日の日曜、集会所で実行委員の集まりがあると告げる。

「料理班の人たちもくるんだけど、よかったら顔だけでも出してみない？　あ、もちろん気が進まないならいいのよ。でもなつきさん、まだしばらくここにいるんでしょう？」

あくまでも穏やかに、のんびりと、ベテラン看護師の風格さえただよわせて彼女は言う。

「このへんで一度、村の人たちと親睦しておいた方が、いいんじゃないかな」

……というわけで翌日曜日、藍川村の集会所へ足を運ぶことになるのだった。


北町集落と西町集落の境にある、田畑に囲まれた地区の一角に集会所はあった。黄ばんだモルタル外壁の平屋建ての建物で、戸を開けると玄関の床には何十足もの靴やサンダルが所狭しと並んである。

会議室みたいな部屋でもあるのかと思っていたけれど、通されたのは大広間だった。二十人前後の人たち（そのほとんどは中高年で、もしやわたしが最年少か）が、思い思いに車座になって畳の上に座っている。

「なつきさん、こっちこっち」

より子さんが手招きして、婦人会の輪の方へ入れてくれる。見知った顔がいくつかあった。スーパー桐生のレジ番のおばあさんに、診療所の常連であるキュウリのおばあさんも。どちらも名字は桐生さんだ。

「こちらはね、助っ人にきてくれることになった蒲生さんです。ほら、北町集落の蒲生さんちのお孫さん」

より子さんに紹介され、「よろしくお願いします」と挨拶をする。

「若ぇ人がきてくれてよかったわぁ」「ほんと。ジジババばっかだすけな、この村は」

口々に話しかけられて、愛想笑いで対応しながらざわついている広間を見まわし、はっとする。上座のあたりの男性陣の車座に千秋先生がいた。休日だというのにスクラブ姿で、どっかりと胡坐をかいて談笑している。

(な……なんでまたあの人まで……ここに)

と、向こうがこちらに気づきそうになったので、さっと顔をそむける。

「みなさんおそろいのようなので、そろそろはじめましょうか」

役場の観光課の方の進行で、会議がはじまる。当日の設営から撤収までの流れ、子ども会の山車と老人会の盆踊り、そしてメインの打ち上げ花火について等々、それぞれの担当者が説明していく。料理班の番になると、より子さんが立ち上がる。

「夜店のメニューは昨年と同じく焼きそば、それとキャンプ場で放流している鮎の塩焼き、かき氷を考えています」

「いいのう」「祭りらしいのう」と方々で声が上がる。

そこへ「ちょっといいですか？」と挙手をする人がいる。千秋先生だった。

「念のためですけど、生食はありませんよね？　サルモネラとかが湧いたら厄介なので」

「先生、お忘れかもしれませんが、一応あたし看護師なんですけど」

にっと笑いかけるより子さんに、「失礼しました」と彼も笑みを返す。そうして一堂に向かって、

「診療所からのお知らせです。うちは当日、普段どおり開けてますんで、何かあったら、ないことを願いますが、お越しください」

「祭りなのに先生も大変だのう」誰かが言うと、

「ほんとにねえ。村長さん、そろそろ病院でも建てましょうよ。どーんとしたのを」

扇子で顔を扇いでいる血色のいい禿頭の男性に、先生は笑って呼びかける。「あの人が村長さんよ」と、より子さんが教えてくれる。三期連続で藍川村の村長を務めているそうだ。

村長さんは苦笑して、締めくくりの言葉をかける。

「みなさん、先生がおっしゃるように、くれぐれも怪我せんで今年もやってきましょう」

それから各班それぞれに分かれての話しあいとなった。料理班のメンバーに焼きそばのレシピが配られる。豚バラの薄切り肉にキャベツ、紅ショウガとあおさ粉、ソースはウスターと中濃の二種類だ。平均的な夜店のソース焼きそばというところだ。一パック四百円で販売するという。

実物を見ていないし、食べてないのでなんともいえないけれど、この内容で四百円はちょっぴり割高かもしれない。

(もう少し具材を増やしたり、味に変化をつけるとかした方がいいんじゃないかな……)

なんてことを思うものの黙っている。より子さんは意見があったらなんなりと、と言ってくれたけど、よそ者が立場をわきまえないでしゃしゃり出るのは、よした方がいい。よかれと思っていろいろやって、その結果、周囲からうるさがられるのはもう、いやだから。

黙ったままレシピを眺めていると、

「どうした。気になることがあんなら言えや」

隣に座るスーパー桐生さんが言う。

「ノブコさん、そんながらっぱちな訊き方するもんでねえて」

キユウリのおばあさんこと桐生トシエさんが、間に入ってくれる。

「ごめんな、このひと口調がきついんだ。女ひとりで店やってるもんで」

「いえ、あの……せっかくこちらの野菜はおいしいんですから、キャベツの他にも焼きそばに入れてみたら、いいんじゃないのかなあ……なんて思いまして」

「他にって、どんなだ？」

ノブコさんが詰め寄るように訊いてくる。

「ええと、そうですね……ズッキーニとか、トマトとか」

「ああ、それいいわね」と、より子さんも加わる。

「夏野菜の焼きそば、いいかもしれない。どうせ野菜は売るほどあるんだし、ソース焼きそばの他にも何種類かあったらおもしろいかもね」

「んだなあ」トシエさんがうなずく。

「焼きそばと鮎の塩焼きとかき氷だけっつうのも、ほんとはちょっとさびしいんだけどな」

これは他の方が言う。

「そうねえ。あともう一種類くらいほしいところなんだけど、お祭りまであと二週間ちょっとしかないし、みなさん日中は畑仕事やらお仕事やらで忙しいし……」

そこでより子さんが、いたずらっぽい目をわたしに向ける。どうやら料理班のメンバーの中で、昼間ぶらぶらしていられる身分の者はわたしだけのようだった。他のみなさんの視線も自分に集まってくる。

（これは……どうやら言いだしっぺのわたしが引き受ける展開ね……）

仕方がない、と覚悟をきめる。これもより子さんの言うとおり、この村でひと夏を過ごすための通過儀礼だと考えよう。

「じゃあ、よろしければわたしが追加メニューを考えてもいいでしょうか」

控えめな笑顔をつくって、料理班のブレーン役に立候補する。いつの間にやら男性陣の大半は缶ビールを呑みはじめていた。村長さんも、会議の司会をしていた役場の方も、早くもできあがっている。

そのなかで大柄な千秋先生はひときわ目立つ。静かな笑みを浮かべて人の話に相づちをうち、ときには冗談に笑っている。場に溶け込んでいるようでいて、異分子めいた感じもある。雰囲気だろうか、佇まいだろうか。うまく言えないけれど、他の人たちとはどことなくちがって見える。

「集会のあとは男連中、いつもああなんだ」

ノブコさんがフードのついた帽子をかぶり、あきれたように言う。もう帰るそうだ。メニュー作りに必要な野菜があれば提供する、と申し出てくれる。

「トマトなんかも箱ごとやるすけ。なんだったら明日、とりにこい」

「ありがとうございます」

玄関口までノブコさんを見送って、さて、と振り返ると、心臓が口から出そうになった。すぐ後ろに千秋先生が立っていた。

「どうも」

「どっ……どうも」

詰まったような声で応じる。いつの間にそこにいたのだろうか。

（へ、平常心よ、なつきっ、平常心！）

自分に言い聞かせる。自然に振る舞うの、自然に。酒の勢いでのキスなんてハプニングのようなもの。お互いに大人なのだから、大人らしい態度をとらなければ……と。

「いらしてたんですね」

「あ、はい。より子さんに誘われまして。千秋先生も実行委員なんですか？」

「まあ、イベントごとなんかには一応、顔を出してるんです。医療班的な感じで」

「そうなんですね」

そこで会話が途切れる。千秋先生はじっとわたしに目を当てて、「すみませんでした」と頭を下げてくる。

「な……なにが、ですか」

たちまち平常心がゆさぶられ、声が汗をかく。「夜店のことです」と彼は言う。

「料理班の人らから、いろいろと頼まれていたでしょう。僕がうっかりあなたのことを言ってしまったものだから」

のりちゃんと会話している最中にわたしの話題が出てきて、カフェの店長をしていた云々と口にしたのを、より子さんに聞きつけられたのだと弁明する。

「きっとそれでこの集会に引っ張り込まれちゃったんですよね。申し訳ない」

うやうやしく頭を下げられる。

（ああ。すみませんって、そっちのことね……）

心のなかでつぶやく。キスしたことへの謝罪ではなかったのだ。

「いえ、お気になさらないでください。お祭りのお手伝いなんて楽しそうですし」

気を取り直してそう言いつつ、それはそれでもやもやした。千秋先生は見たところ、まったく平然としている。いつものように穏やかな顔つきで、昨年の夏祭りはどうだったか、今年はどうなりそうか、といったことを話してくる。

まるで、キスなんてしなかったよね、俺たち？　と暗に言ってるかのように。

あわせてわたしも大人然とした態度をとる。ええ、キスなんてしませんでしたよね、私たち。

というふうにスモールトークを交わしながら、内心で、この一週間、あれこれと悩んでいた自分がバカみたいに思えてくる。

二

翌日から、さっそく夜店のメニューの見直しにかかる。

観光協会のホームページで、もう一度しっかりと藍川村の特産品を調べてみる。基本は米とお酒と野菜もろもろ。どうやらこの土地にしかない珍しい食べものというのは、ないようだ。

スーパー桐生へいってノブコさんに旬の野菜を教えてもらい、トマトの他にもさまざまな野菜や果物をいただいた。なにしろ夏祭りまで二週間しかないのだ。来週の日曜に集会所でまた会議があるので、そのときに試食会をする予定だった。

「ええと、ウスターと中濃とクミン……ううん、カレー粉にしてみようかな」

ソースをいろいろ配合して作った焼きそばを、のりちゃんに食べてもらう。子どもにも食べやすい味にしなければ、なので。

「のり、マヨネーズ味が好き。紅ショウガ、すっぱいから嫌い」

「マヨネーズはいいかもね。あ、なら玉子の薄焼きで包んだオムそばなんてどうだろう。でも、そうしたら原価が……」

「なにそれ。食べたい食べたい！」

そんなことをするうち、だんだん楽しくなってくる。こういう感じは久しぶりだ。試作しては食べ、また試作しては食べを繰り返して、探している味に近づいていく感覚。前はもっぱら妹に試食係をお願いしていた。今はのりちゃんと、その友だちもうちにやってきて、わいわい意見を寄せてくれる。

「ニンジン入ってるのやだ。ピーマンもやだ。パプリカがいい」

「あれえ、焼きそばにもやし、入れないのー？」

「うちの焼きそばはねえ、かつおぶし、かけるんだよ」

静かだった家が、ここへきて一気ににぎやかになる。子どもたちはお祭り当日、家族を引き連れて食べにくると約束してくれる。

「のりちゃんもお母さんと……より子さんは実行委員だから忙しいかもしれないけど、食べにきてね」

そう言うと、のりちゃんは黙ってうなずく。

もう一品の新メニューにはパエリアを考える。米と酒と夏野菜、それに放流鮎といった村の特産をぜんぶ使って作るのはどうだろう。たとえばドラム缶の上に大鍋を置いて調理するのは。見た目にも華やかだし、人目を惹く気がする。

「でも、鍋をレンタルすると費用がかさんじゃいますね」

より子さんに相談すると、役場の夏祭り担当の方を紹介される。先週、集会所で司会をしていた観光課の相田さんという男性だ。アポをとって役場までいってみる。

ドラム缶パエリアの案に相田さんは「おもしろそうですね。フェス飯みたいだ」と興味を示してくれる。わたしより少し年上のふくよかな体型の方で、朗らかな顔立ちが人柄をあらわしている。

「鍋の方は小学校の給食室から借りられないか、かけあってみましょう」

と、その場で電話をかけて、役場の公用車で実物を見にいくことになる。小学校まで向かう途中、運転席の相田さんはこんなことを言ってくる。

「蒲生さんは千秋先生とは親しいんですか?」

「え」

どきりとする。

「あ、いやこの前、集会所の玄関先で楽しそうにおしゃべりをしていたものだから……」

「べつに親しいわけでもないですよ」

礼儀正しい笑みを浮かべ、でもはっきりとそう答える。単なるお隣さん同士のおしゃべりです、と。

「いやてっきり、あれが噂の千秋先生の彼女さんなのかな……なんて思っちゃいまして。気を悪くさせてしまったらすみません。なにしろこのとおりの田舎でして、若い女性が珍しいものだから」

右側は田んぼ、左側は畑が広がる道路を安全運転で進みながら、相田さんは頭をかく。

「そういえば実行委員会のみなさんも、年配の方が多かったですね」

「若い連中は、みんな都会に出ちゃいまして」

わたしの言葉に彼はうなずく。

「かくいう僕も、子どもができたから戻ってきた口なんですよ」

相田さんは以前は東京のイベント会社で働いていて、奥さんの妊娠を機に藍川村へＵターンしたのだという。地域おこし要員として役場に就職し、キャンプ場の設置や近隣町村とのスタンプラリーなどを実施してきたそうだ。ちなみにもうすぐ二人目が産まれるらしい。

「うちの奥さんがもっと身動きできる状態だったら、料理班の手伝いでもしてもらいたいところなんですけど」

「子育てにはきっといい環境でしょうね、ここは」

「とはいえほぼ限界集落ですからね。人口は減っていく一方だし、空き家は増えるしで、二十年後、三十年後はどうなっていることやら」

「でも、最近は都会からの移住とかが流行(はや)っているんじゃないですか?」

とりなすようにわたしは言う。ここ数年、地方への移住が静かなブームになっている。子育て世代を中心に、なにかとお金のかかる都会暮らしを捨てて田舎へ移り住む事例が多いと聞いている。テレビ番組や雑誌などでもよくとりあげられているし。

そんな素人意見に、相田さんは苦笑する。

「移住事業がうまくいってる市町村なんて、全国でもほんのわずかですよ。ライフラインが完備していて、田舎すぎない田舎、くらいのところですかね」

「田舎すぎない田舎……ですか」

「まあ、ここは田舎すぎるんです」彼は言う。

「車がないと移動もままならないし、ちょっとした飲食店もないし、なにより病院がない。そんなところに好き好んで移り住もうなんてもの好きはまあ、いませんよね」

そういえば、集会所で千秋先生は村長さんに「病院を建てましょうよ」と言っていた。

軽口混じりだったけど、ひょっとして本心だったのかもしれない。

「でも……千秋先生はもとから藍川村の方ではないですよね。移住して……こられたんですよね」

なぜわたしは彼の話題を出しているのだろう。むしろ考えたくない人なのに。

「ええ。ほんと、ありがたいですよ」相田さんは言う。

「先生の奥さんが出ていっちゃったときは、村中ひやひやしたもんです。奥さんに続いて先生まで、こんな田舎に嫌気がさして診療所をたたんだらどうしよう……って。こうして残ってくれて、よかったですよ」

のんびりとした口ぶりでそう語るのを聞きながら、妙な具合に胸がざわついた。千秋先生は奥さんとどうして別れたんだろう。どんな女性だったのだろう。

窓の外の田を眺めてそんなことを考えているうち、車は小学校に到着する。

相田さんと一緒に校長先生にお願いして、給食室の大鍋を快く貸してもらえることになった。また、ドラム缶はガソリンスタンドから譲ってもらう算段をつけた。

かくして焼きそば作りと並行してパエリアにも取り組むことになる。ああでもない、こうでもない、とメモをとりつつ試作を重ねる。

「うん。おいしい」

なかなかよくできたのではないだろうか。深夜の台所でひとり、うんうんとうなずく。

試食会の日がやってくる。焼きそばは三つ考えた。まずは最初のレシピに沿って作った〝屋台風のソース焼きそば〟。サラダ油の代わりにラードを使い、屋台料理特有のがつんとした風味をだした。

次は〝夏野菜のトマト焼きそば〟だ。フードプロセッサーで潰してジュース状にしたトマトを、麺をほぐす水の代わりに使うというもの。ズッキーニや茄子（なす）を具にしてナポリタンみたいな感じにしてみた。

最後は〝暑気払い焼きそば〟だ。ニラにパプリカにモロヘイヤに鶏ひき肉。そしてある隠し味を少々加えて、酸味のきいたアジアンテイストの焼きそばにしてみた。これら三つのなかから二つを選ぶことになる。

下ごしらえをした具材をより子さんの車で集会所まで運んでもらい、台所でじゃんじゃん焼いて紙皿によそって配る。相田さんはじめ、実行委員のみなさんに食べてもらう。

「……どうでしょうか？」

おずおずと反応を窺（うかが）うと、

「うーん。おいしい。グーよ、グー！」

より子さんのひと声をきっかけに、方々から感想がでる。

「それぞれ味がちがっててていいなあ。これなら売れるわ」

「うちんとこの野菜、入れてくれたんだなあ。うれしいわ」

「なつきちゃん、この最後の甘酸っぱい焼きそばのタレ、なんなん？」

トシエさんに尋ねられ、わたしはにっこり微笑む。そう、その質問を待っていました。

いったん台所へいき、隠し味に使ったボトルを手にして戻ってくる。みんなによく見えるよう、顔の横にそれを掲げる。

「じゃーん、これです。通販でお取り寄せしたバルサミコ酢をソースに混ぜてみました」

イタリア料理で定番の、ぶどうから作るお酢だ。サラダのドレッシングにしてもいいし、肉にも魚料理にもあう調味料の万能選手だ。三種類の焼きそばのなかで、個人的にはこれが一番気に入っている。

「ちょっと割高なんですが、まとめ買いしたら値引きしてもらえますし、農家のみなさんから材料になる野菜を提供していただけましたら、予算的に足は出ないと思います」

……と説明をしている途中で、広間の空気が変な感じになっているのに気がつく。より子さんもトシエさんもノブコさんも、相田さんも村長さんも、つまりこの場にいるほぼ全員が、壁を背につけ胡坐をかいている千秋先生を（この人もきているのだった）、ちらちらと見ている。

「あ、あの……どうか、されましたか」

わたしの言葉に、誰も何も言わない。気まずい間ばかりが空く。ひとり千秋先生が黙々と焼きそばを口に運びつつ、

「いいんじゃないですか」

平然とした表情で言う。より子さんがぱんと手を叩いて、

「じゃあ、どの焼きそばがいいか、みなさん手を挙げてくださいね。ひとり二回ね、二回。人の真似しちゃダメよー」

そして多数決の結果、ソース味とトマト味が選ばれた。

なんだか納得いかないものがあった。たしかにこの二つは分かりやすい味だし、原価面から考えても無難なチョイスだとは思う。でも、そういう点を差し引いても三番目のバルサミコ酢焼きそばに挙手した人は、ほんの数人しかいなかったのだ。それもどことなく、手を挙げた人たちは千秋先生を窺うような様子をしていた。

「なんなの……番長なの……？　あの人」

あと片づけを終えて、より子さんの車に荷物を積み込んで、ぶつぶつとつぶやく。

「お待たせえ。さあ、帰りましょうか」

より子さんが集会所から出てくる。女性たちはすでに解散し、男性陣は先週同様、広間に残って小宴会をはじめている。もちろんあの人も。

（お酒はほとんど呑まなくなった、なんて言ってたくせに……）

心のうちでも憎まれ口が出てしまう。エンジンをかけて車を走らせ、しばらくしてからより子さんが言う。

「なに怒ってるの？」

「え」

「自信作が選ばれなかったから？　おいしかったわよ、最後のやつ。あたし手を挙げたもの」

「……どうも」

そうだった。より子さんだけは堂々と、はい！　という感じでバルサミコ酢焼きそばを推してくれたのだ。

「パエリアの方も楽しみにしてるから。そっちの試食は婦人会だけで今週中にやろうか。男どもがいると、なんだかんだで呑みたがるし」

「そうですね」

各メニューの担当者の割り振りや備品の手配、当日、手伝いにきてくれる人の見込みなどをしばらく話す。会話しながらわたしはべつのことを考えていた。それについて口にしようかしまいか、迷っていた。

ひとけのない交差点の赤信号で車が停まっている間、思いきって切り出してみる。

「あのう、さっきの試食会でわたし、何かまずいことをしてしまったでしょうか？」

「まずいこと、って？」

語尾を上げて彼女は問い返す。

「その……バルサミコ酢の説明をしているあたりから、雰囲気が微妙になった感じがして」

ああ、とより子さんは首を振る。

「気のせいかもしれませんが、みなさん千秋先生のことを……ちらちらと見ていたような」

「う〜ん。そうねえ。そうだったかねえ」

なんとなく、歯にものが挟まったような言い方だ。そこでもうひと押し、してみる。

「ひょっとしたら先生、過去にバルサミコ酢で医療事故でも起こしたとか……それであんな妙な空気になった、とか」

すると「あははは、そりゃいいね」と笑われてしまう。

「まあまあ、気にしないで。あなたはなんにもまずいことなんてしてないから。田舎の人たちばっかりだからさ、おしゃれな味つけに慣れてないのよ」

そうフォローされるけれど、どことなくはぐらかされたような気がしないでも、なかった。

夏祭り当日は、朝からばたばたと忙しない。

役場の前の広場ではいくつもの出店が準備している。テントを張って机を並べ、軽トラックが次々に機材を運んでくる。

「なつきちゃーん、ドラム缶どこに置くん？」

「炭、どれくらい焚くべえ」

あちこちから呼ばれて飛びまわる。天気予報によると、今日はこの夏一番の暑さになるという。メインの打ち上げ花火は夜だけど、午前中からぱらぱらと人が集まってくる。さまざまな出店がある。料理の他に産地野菜や切り花、くじ引きにヨーヨーすくいのコーナーもある。正午を境に活気づいてきて、あちこちで人だかりが生まれる。

わたしはパエリア組のリーダー兼、料理班全体の指揮をとっている（焼きそば組のリーダーはより子さんだ）。食材が足りなくなってきたら追加して、各自順番で休憩にいってもらい、助っ人の方が手持ち無沙汰にならないよう指示をだす。

「いやあ、盛り上がっていますねえ」

青い法被姿の相田さんが、汗をかきかきやってくる。ふっくらとしたお腹の、相田さんよりやや年上らしき女性を連れている。「僕の奥さんです」と紹介されて、挨拶をする。サキさんというお名前だ。

「何ヶ月ですか?」と尋ねると、来月が産み月だという。

「私もお手伝いにきたかったんですが、なにしろコレなもので。すみません」

サキさんは腹部をぽんぽんと叩く。間もなくはじまる子ども会の山車引きに、息子さんが参加するそうだ。

「それで、ちょっとだけ持ち場を抜け出させてもらったんです」

相田さんは駐車場で誘導係をやっていた。役場の方たちも今日は総動員だ。二人が立ち去ると「おおい、こっちきてくれえ」と、焼きそば組のノブコさんから硬い声で呼ばれる。

困った事態が起きた。トマトを潰すフードプロセッサーが壊れてしまった。

「どうすべえ。今から電器屋にいって買ってくるか。でもたしか電器屋も今日は休みだったような……」

トマト焼きそばの屋台を見ると列ができている。今作っている分だけは保つとして、そ

れでも残り十数パックというところだろうか。こんなに早い時刻から売り切れになるのだけは避けたい。数秒考えをめぐらせて、

「わたし、うちから持ってきます！」

と言う。

「自転車で今から取りにいってきます。十分で戻りますから！」

関係者用の駐輪場へダッシュして、停めてある自分の自転車にまたがり、全速力で漕ぎだす。ぎーぎーと錆びついた音を立てて大通りを走って自宅へ戻る。台所へ直行しフードプロセッサーを探すけど、こういうときに限って見つからない。

「ない、ない、ない。どこっ！」

そこで、台所ではなく廊下に置いてあったことを思い出す。このところよく使っていたので、洗って乾かしておいたのだ。

ずしりと重いプロセッサーを自転車の前カゴに入れ、再びペダルを踏み込むものの、バランスがとれない。ハンドルがふらつく。よたよたと進みだすなり、がっしゃーんと大きな音と共に転んでしまう。

自転車のチェーンが外れ、プロセッサーのガラス容器が真っ二つになってしまった。

「きゃああっ！　どうしようっ‼」

すると診療所から千秋先生が出てくる。路面に座り込んでいるわたしを見て、やれやれという顔をする。

「こりゃまた派手にやりましたね。怪我は？」

「そっ、それより早く広場に戻らないとなんです！　ああ、でもフードプロセッサーが壊れちゃった。どうしようっ」

手を貸そうとする彼に、テンパりぎみにまくしたてる。

「あなたの自転車ねえ、いつかこうなると思ってましたよ。ここを通るたびに、きいきいいわせてたもんな」

対照的にこの人はのんびりと言う。ここだけ、お祭りの喧騒とはちがう空気が流れている。

「で、どうしました？」

患者を診察するときと同じ口調で訊いてくる彼に、これこれこういうわけでして……と、プロセッサーを取りにきた理由を説明すると、

「ふむ」

スクラブ姿で腕を組み、

「それってミキサーでもいいかな？」

そう言うと、母屋の方からミキサーを持ってきてくれた。大型で刃はチタンコーティング。かなりいいものに見えた。

「数年前に買ったんだけど、たぶんまだ動くと思う。一応そこの電源でチェックしてみて」

ほい、と渡され、玄関横の屋外コンセントにプラグを差し込むと、問題なく作動する。わたしがそれをしている間、先生は往診車に乗り込んでエンジンをかける。運転席の窓から顔をだして、

「ほら、乗って。急ぐんでしょう」

「え。でも診療所は……」

ミキサーを胸にかかえるわたしに「今日はもう閉店」と彼は答える。

「朝から患者さん、ひとりもこないんだよね。チャリも壊れたことだし、送ってきますよ」

お礼を言って助手席に身をすべらせると、千秋先生は建物に鍵もかけずに車を出発させる。

大通りは山車引きで通行止めになっていた。なので、ぐるりと迂回をして駐車場に車を

入れる。

「ミキサー、もってきましたー」

両手で掲げて焼きそばエリアに戻ると、待ってましたというふうに迎えられる。

「あれえ、若先生もきたんけ」

「ちょうどよかった。先生、この瓶のフタ開けてくれやあ」

料理班のご婦人方に千秋先生は囲まれて、さっそく言いつけられている。キャベツの箱を運んだり、野菜を洗ったり、させられている。

「いいんですか。あんなことさせて」

ミキサーでトマトを潰しまくっているより子さんに言うと、「いいんじゃないかなあ。あとで焼きそばでも与えてあげれば」なんて返事がくる。

「それよりあなた、よくここまで引っ張ってこれたわね。千秋先生ね、もう何年もお祭りにくることなんてなかったのよ。どんなに誘っても」

「そうなんですか」

「そうそう。人づきあいがよさそうに見えて、実はそうでもないの」

夕方が近づくにつれて、いよいよにぎやかさが増してくる。盆踊りが終了する頃には日が沈もうとしていた。メインイベントの花火はこれからだ。どの人も楽しそうに通りを歩いている。

「なつきちゃーん、きたよー」

のりちゃんが試食友だちのエマちゃんを連れてやってくる。今日はいつもの体操着ではなく、金魚柄の浴衣(ゆかた)姿だ。おかっぱの髪型とよく似合う。

「わあ、かわいい。お母さんに着せてもらったの？」と問うと、のりちゃんはうつむいて、代わりにエマちゃんが答える。

「うちのお母さんが着せてくれたの。ね？」

この子の浴衣は朝顔柄だ。のりちゃんよりも少し背が高く、長い髪を頭のてっぺんでお団子にしている。

「去年も私たち、一緒に花火見にきたもんね」

その言葉にのりちゃんは「ん」とうなずく。あれ？　と思った。たしか去年ののりちゃんは、おばあちゃんとお母さんと三人で花火を見たとわたしに話してくれたけど……。

そこへ、たまたま近くにいた千秋先生が、ぬっと割り込んでくる。

「よ、のり助にエマちゃん。どうだ、手足口病は治ったか？　どれ、口のなか見せてみなさい」

「わあ、秀ちゃん先生なにやってんのー。頭にタオル巻いて、へーん」

エマちゃんがきゃっきゃと笑う。

「うるせえ。俺の作った焼きそば、買ってきなさい。サービスで大盛りにしてやろう」

千秋先生は彼女たちを焼きそばの屋台へ連れていく。わたしも自分の受け持ちのパエリアの方へ戻る。調理しながら、さっきののりちゃんの様子を思い返す。

エマちゃんが去年の花火の話題をだしたとき、のりちゃんは静かになってしまった。わたしが怪訝そうな表情を浮かべたことに、もしや気づいたかもしれない。

「……やっちゃったかも」

鍋にサフランスープを投入しつつ、つぶやく。どうしてもっと早く、思い至らなかったのだろう。

のりちゃんのお母さんを、わたしは一度も見たことがない。彼女との会話のなかに、よりり子さん以外の家族が出てきたこともない。なぜそれを今までふしぎに感じなかったのだろう。

もっと想像をはたらかせていたら、もっとあの子をよく見ていたら、自然と察していたはずなのに。自分の鈍感さが恥ずかしくなってくる。

（わたし……かなり無神経な態度……とっちゃった）

焼きそばの試作のときに「お母さんと食べにきてね」と言ってしまったし、ついさっきも浴衣のことを「お母さんに着せてもらったの？」なんて尋ねてしまった。ひょっとしたら、あのタイミングで千秋先生が割り込んできたのは偶然ではなかったのかもしれない。

遠くの方から、ひゅるるる～という音が聞こえてきて、夜空にぱっと花が咲く。数秒遅れて重低音が響く。午後七時だ。花火大会がはじまった。次々に花火が打ち上げられて、歓声が沸く。

ここからラストスパートだ。どの店にも行列ができて、競うように売れていく。ひとまず頭を切り替えて今は手を動かそう。汗だくになって料理スペースを行き来して、流れを停滞させないようにする。

最初に完売したのは鮎の塩焼きだった。続いてパエリア、焼きそばも売り切れ御礼となる。その頃には花火も終盤に差しかかり、道路が混雑する前に帰りはじめる人も出てくる。片づけに入る前に「ちょっと休んでこいや」とノブコさんに言われて、広場の周りを少しぶらつくことにする。昼間の熱は消えて空気に涼しさが戻っていた。

五、六歳くらいの女の子とお母さんが手をつないで、向かい側から歩いてくる。すれちがいざま「焼きそば、おいしかったあ」という幼い声が耳に入って、胸がじんとする。

「あ」

前方にそびえる大きな木のかたわらに、背の高いシルエットを見つける。その横には金魚柄の小さな浴衣姿が。千秋先生とのりちゃんだ。並んで花火を眺めている。

「お疲れさまです」

ためらいがちに声をかけると、振り向いた先生は缶ビールを手にしていた。のりちゃんはかき氷のカップを両手で挟んでいる。

「先生の分の焼きそば、とっておいてますので。今日はほんとうにどうも……ありがとうございました」

「いえいえ。あなたもお疲れさまでした」

「のりちゃんも……ありがとうね、きてくれて」

「ん」

スプーンで氷をしゃくしゃくかき混ぜる彼女に、話しかける。

「あの……わたしもここで花火を見てて、いいかな?」

ふた呼吸分ほど間を空けて、「いいよ」とのりちゃんは言う。続けて、

「これ、ちょっと食べる?」

かき氷を勧めてくれる。

「いいの?」

「うん。冷たくておいしいよ」

あーん、と言われてそのとおりにすると、スプーン山盛りの氷イチゴを口のなかに押し込まれる。

「んんっ」

甘くて冷たくて、全身がじ～んと痺れる。どんどんと胸を叩いて氷を飲み込むと、のりちゃんは笑う。つられてわたしも笑う。そのとき、ひときわ大きな花火が上空でドーンと弾ける。満開のヒマワリみたいな黄色い大輪の花だ。

「わあ」

のりちゃんが両手で両耳を押さえる。「すごおい」

「うん、すごいね」

わたしはうなずいて、受けとったかき氷をもうひと口食べる。

花火の終了と共に夏祭りも終わる。テントの撤収などは明日にやることになり、今日は解散となる。このまま帰る人もいれば、広場に残って軽く打ち上げをするという人たちもいる。

「どうですか？　蒲生さんも」と相田さんに誘われるけど、笑って首を横に振る。

「もうくたくたなので」

ちらと見ると、地面に敷かれたブルーシートに座って缶ビールを呑んでいる輪のなかに、千秋先生も引き入れられている。

「お疲れさまー。改めて料理班のみんなで打ち上げしましょうねー。女子会ねー」

より子さんからそう言われる。のりちゃんは疲れたのか、車の中で寝ているそうだ。帰るついでに送っていくけど、と言われるけども辞退する。

「ちょっと歩いて帰りたくて」

「そう、じゃあまた明日ね。今日はほんとにお疲れさま」

料理班の他の方がたも「お疲れさん」「おやすみ」と声をかけあい、各自の帰路についていく。ひとりになって、ふう、と大きな息を吐く。

終わった。長い一日だった。こんなに身体を動かしたのは久しぶりだ。足はぱんぱんにむくんで、肩も腰も痛い。労働のあとのなつかしい疲労感だ。

人けのない大通りをのんびりと歩く。昼間はあんなに多くの人であふれていたのに、今はわたし以外に誰もいない。祭りは終わった。明日からまた日常がはじまる。

電柱の外灯に照らされて地面に細長い影が落ちている。ひとつではなく、ふたつだ。ん？　と思って振り向くと、後方に千秋先生がいた。パック詰めした焼きそばとパエリアの入ったビニール袋を、わざとのようにがさがさせて歩いている。

「あとを尾けている不審者ではありませんので」

念のため、というふうな口調で声をかけてくる。

「打ち上げは……いいんですか？」

「さすがに疲れましてね。トイレにいくと言って抜けてきました」

駐車場に停めてある車は、明日とりにいくそうだ。

「ありがとうございました」

夜道を並んで歩きながら改めて今日のお礼を言う。ミキサーを貸してくれたこと、車で送ってくれたこと、夜店の助っ人をしてくれたこと等々の。ミキサーは明日お返しにうかがいます、とつけ加えると「いつでもいいですよ」という返事がくる。

「どうせ埃をかぶっていたやつだし、お役に立てたんならよかった」

少し間をとり、言葉を重ねる。

「それと……のりちゃんたちがきたときも……ありがとうございます」

「ああ、いえべつに」

のりちゃんのお母さんは、とうとう最後までお祭りにあらわれなかった。

「より子さんは、ひとりであの子を育ててるんですよ」

千秋先生が、そういえば今思い出したというふうに言う。

「でもまあ、そんなこと言われない限り分かりませんしね」

それは言外に、あまり気にするな、と言ってるように耳に響いた。

「でも……やっぱりありがとうございました」

「こちらこそ、これ、ありがとうございます。夜食にいただきます」

手から下げているビニール袋を軽く上げて彼は微笑む。切れ長の目がほんの少し柔和な線を描く。向こう側の田んぼからカエルの合唱が聞こえてくる。げこげこと、のどかな調子で。

「今日は大活躍でしたね」

千秋先生は話題をわたしに向けてくる。

「夜店をみごとに取り仕切ってて、さすがは店長さんだと思いました」

「元、ですが」

「なに、じきにまたそうなるでしょう」

褒められて面映ゆくなる。だけど、たしかに自分のなかに達成感が残っていた。

「楽しかったです。今日だけでなくこの二週間ずっと。夜店のメニュー作りに取り組んでいる間、なんだかんだで……楽しかった」

言葉を探しながら、そう語る。そうだ、わたしは楽しかった。メニューを考えて、忙しく立ち働いて、食べてくれた人に「おいしかった」と言ってもらえて──それが自分にはとても楽しいことなのだということを思い出した。

「いい顔してました」

「え？」

「今日のあなたは生き生きしていた。よく笑って、みんなとよくしゃべって、俺に米袋を運べって命令して」

「あ、あれは……」

口ごもる。たしかに一番混雑していた時間帯に、千秋先生をパエリア組にちょこっと、お借りしたのだ。だって、三十キロもある米袋は重くて担げないので。

「それにしてもドラム缶にがんがん熾した火で米を炊くなんて、野戦料理の域でしたね」

「そこはフェス飯と言ってくださいませんか」

そこで、どちらからともなく、ぷっと噴き出してしまう。空気がやわらかくなる。とろんとした夜風が肌に心地いい。

ふしぎだ。千秋先生と自然に接している。ここしばらく彼から距離を置いて、彼のことを考えないようにしていたのに。普通におしゃべりして笑っている。わたしはこの人が嫌いになったんじゃなかったっけ。キスをしたことをなかったみたいに振る舞われて、腹が立ったんじゃなかったっけ。

でも……どうしてわたしはそうされて、腹を立てたのだろう。

大通りから北町集落へ続く道に入る。電柱の数が減って闇が濃くなる。

「この辺りは夜歩くとき、気をつけてくださいね」

車道側にいる千秋先生の姿もよく見えないほど、暗い。

「何かあってもとっさに駆け込めるような店もないのでね。役場前の広場から蒲生さんの家までけっこう遠いし、自転車ならまだしもあなた、徒歩だったんで」

「あ、はい」

ふと思った。もしや先生が打ち上げの場から抜けてきたのは、わたしのことが心配だったからなのだろうか……と。いやいや、それはうぬぼれでしょう、と即座に自分で自分に突っ込む。

（うう……なんだか落ち着かない……）

心がじんわり汗をかいてくる。こうして二人でいることに急に緊張しはじめる。診療所まで、あとどれくらいだろう。早く着いてほしい。だけど、もうちょっと、もうちょっとこのまま歩いていたい気もするような、しないような。いったいどっちなのだろう。

沈黙を避けるために話題を探す。今日一日で起きたことを思いつくまま口にすると、千秋先生はうんうんと聞いてくれる。そうして、おもむろに口を開く。

「俺も今日、祭りへいってみてよかったですよ」

人がたくさん集まるところや、にぎやかなイベントなどは実をいうと苦手なのだという。この数年、夏祭りに誘われても診療所を理由にして、なんだかんだで断ってきた、と。

「でも、いってみるもんですね。俺も楽しかった。あなたのおかげです。ありがとう」

夜のなかで彼が微笑んでいるのに気がつく。

「あ、いえ……そんな」

胸の奥がくすぐったくなる。嬉しいような、気恥ずかしいような、困ってしまうような気分になる。喉が渇いてくる。

腕と腕がふれそうで、ふれない間隔をキープして歩き続ける。生ぬるい水が背中を流れる。こういうシチュエーションにわたしはあまり慣れていない。どのように振る舞ったらスマートに見えるのか分からない。なので自然と黙りこくってしまう。気になる男子を前にしてぎこちなくなった十代の頃を思い出す。もう三十歳だというのに、なんなのだろう、もう。

そうこうするうち、前方に診療所の屋外灯が見えてきて、ほっとする。

「あの、それではここで失礼しま……」

そう言いかけたとき、すぐ近くでばさばさっと音がした。鳥の羽音のような。ん、と顔を上げると、見たことのないほど大きな蛾が頭上を飛んでいる。それも何匹も。

「……っがぁーっ‼」

裏返った悲鳴が出た。とっさに腕をぶんぶん振ると、なぜか私の方に向かってくる。

「やぁっ、こないでえっ！　おねがいっ‼」

避けようとした拍子にすぐ隣にある身体に思いきり衝突して、その勢いで同時に尻もちをついてしまう。

「大丈夫ですか」

「……はい」

「ただの蛾ですよ。害はない」

のんびりとした声が耳もとをかすめる。わたしは千秋先生に、ひしとしがみついていた。

「ごっ、ごめんなさい」

「いえいえ」

あ、と思い出す。前にもこんなやりとりをした。あのときはカナブンだった。カナブンが茶の間に飛び込んできて、慌てたわたしがこの人の上によろめいて、そして――。

あのときと同じように、無言で腕を摑まれる。

心臓がびくんと跳ねる。水のようなまなざしが、じっとわたしに当てられている。そのまま腕をぐっと引き寄せられる。まるで目に見えない綱に引かれるように。あのときのキスを再現しようとするように。

だけど、あのときと決定的にちがうのは、今はどちらも酔っていないことだった。

唇が重なりそうになる寸前ぎりぎりで、理性が待ったをかける。だめ！　と。この流れでキスしちゃったら、キスだけで終わらないわよ、きっと。それでもいいの？　その場の雰囲気でほいほいとそういうことをする女だとこの人に思われていいの？

という声が脳内から聞こえてくる。

（それはいや！　絶対に、絶対に……いや！）

口をぎゅうっと引き結んだまま硬直するわたしに、「ん？」と千秋先生が小首をかしげる。すかさずすっくと立ち上がって、宣言するように言う。

「でっ、では、わたくしここで帰ります。おやすみなさい。失礼いたします」

地面に尻をつけたままの彼をその場に残して、すたすたと早歩きで隣の我が家へと帰宅する。

そうして玄関までできて、あっとなる。なんと鍵を紛失していた。

（あれ？　え、ええと……たしか……）

今日の自分の行動を一から振り返る。朝、出かけるときはたしかに鍵をショルダーバッグに入れていた。昼間、フードプロセッサーをとりにいったんここへ戻ってきて、施錠してデニムパンツのお尻ポケットに突っ込んだ。そしてそのままだった……。

ひょっとしてさっき転んだ際に、落としてしまったのかもしれない。

（ああ……バカ、バカ、わたしのバカぁっ！）

玄関扉の前で膝をついてうなだれる。縁側の戸にもばっちり鍵をかけてきた自分の几帳面（きちょうめん）さが恨めしい。

どうしよう。困った。楽しかったお祭りの締めくくりがこれだなんて。

どうか先生があの場所にもういませんように……と祈りつつ道路へひょいと顔を出すと、さいわい外灯の下には蛾しかいなかった。ぼんやりとした光を頼りに、その辺りの路面に目を凝らすけども、キーケースは見当たらない。

診療所の車寄せの端には壊れたプロセッサーと、チェーンの外れた自転車が置かれてあった。先生が片づけておいてくれたのだ。そのお礼も言っていなかった。

「……わたしのばか」

もう一度、今度は声にしてつぶやく。あんな態度をとって、たぶんいやな気持ちにさせてしまった。ちゃんと口に出して言えばよかった。

自分は誰とでもほいほいキスをするような人間ではありません、この前だってあなたとキスしたいなと思ったから、だからそうしたんだと思います……と。なのに、すたこらと逃げてしまった。

どうしていつもこうなのだろう。自分ではちゃんとしたいと思っているのに、ちぐはぐな行動ばかりとってしまう。仕事を衝動的に辞めたことも、藍川村へこようと決めたことも。我ながらどこか危なっかしいというか、考え足らずなところがある。

と、手のなかの携帯電話が鳴った。知らない番号だ。

「……はい」おそるおそる応答すると、

『鍵、とりにこないの？』

低い声が耳に入る。

「な……っ、なんでこの電話番号を知ってるんですか？」

『カルテに書いてあった』

とっさに周囲を見まわす。先生の姿はない。家のなかからかけているのだろうか。

『あのね、もし今、俺と顔をあわせづらいようなら、うちの玄関の郵便受けの上にキーケースを置いておきますから』

そう先生は言う。やっぱりさっき鍵を落として、彼に拾われていたようだ。

『すぐ追いかけて渡そうかとも思ったけど、こっちの方がいいかな、と。じゃあ』

「あ、あのっ」

電話を切られそうな気配がしたので、とっさに引きとめる。

「さっきはどうもすみません、その……あの」

『謝らなくていいよ』

静かな口調だった。静かで穏やかで感情が読みとれない。いや、読みとらせまいとしているかのような声色だ。彼は今どんな表情をしているのだろう。どんな顔をしてわたしに語りかけているのだろう。それが知りたい。そう思った。

「先生、あの、聞いてください」

対照的に自分の声は感情がだだ漏れだった。

「わたし、誰とでもキスする人間ではありません。ほんとです。この前キスしたのだって、かなり久しぶりなんです！」

やや間をおいて、ぼそりと言われる。

『俺もです』

「あ、あと、たしかにお酒も入っていましたけど、酔うとキス魔になるわけでもないんです！」

母屋の方へ進みながら、必死になって語りかける。

「さっき逃げてきてしまったのは、先生とキスするのがいやだからではなくて、その……ここでまたキスしたら尻軽だと思われるかもしれないと思って……それで……それで」

そうこうするうち母屋の前に到着すると、がらり、と戸が引かれる。携帯電話を耳に当てた彼が、どこか憮然(ぶぜん)とした表情で目の前に立っている。

『尻軽だなんて思いませんよ』

電波越しの音声と肉声が同時に聞こえてくる。『それに俺、尻軽も嫌いではないので』とつけ加える。

『いやね、俺の方こそあなたに嫌われたものとばかり、おも……』

「嫌っていません！　気まずかっただけです！」

低い声にかぶせて食いぎみにわたしは言う。先生の目をまっすぐ見て、そらさずに。

『そう？』

「そうです！」

『よかった。嫌われてなくてほっとしました』

苦笑混じりの微笑を浮かべる彼に、足がひとりでに一歩、近づく。もう一歩、もう一歩。

玄関のなかに足を踏み入れるのと同時に――磁石と磁石が引かれるみたいな自然さで――キスしている。お酒の勢いではないシラフの、二度目のキス。

かさついた唇になつかしさを感じる。この唇の感触を自分が憶えていることに、驚く。

重なった口の合間から舌がすべり込んでくる。ゆるやかに舌を吸われる。あたたかい葛湯が喉をくだっていくような、うす甘い飴玉(あめだま)が口のなかで溶けていくような、そんなキスだった。

「ん……っ……ん」

喉が鳴る。舌同士を巻きつけあい、舐めあっていることに、ようやくどきどきしはじめる。

千秋先生の舌は大きくて厚い。わたしのそれをたやすく押さえ込んで締めつける。そして今気づいたのだけど、わずかに煙草の苦みがあった。でも、いやな感じはしない。なぜだろう。煙草の臭みは仕事柄、苦手なはずなのに。

くちゅ……くちゅ……と口内から音がする。その響きに焚きつけられるかのように頭のなかがじんじんしてくる。幅広の背に腕をまわして身体を押しつけあう。先生の服は汗を吸ってくったりしていて、わたしもきっと汗くさい。なのにどうしてだろう。汗のにおいにいっそう気持ちが猛(たけ)ってくる。

はあ……と息を吐いて行為を小休止すると、手を引かれて室内に招かれる。わたしの腕を摑む手の、どこか急くような力強さに胸が鳴る。無言で廊下を抜けて、広い居間へ移動する。祖母の家と似たような間取りの日本家屋だ。

畳敷きの空間にソファが置かれてあった。そこにかけられているブランケットを千秋先生は手にとり、畳に敷く。そこへわたしを抱き寄せる。

「ん……」

三度目のキスをする。口と口をがっぷりと交差させて、食べるように、かみつくように。

さっきまでさんざんためらい、悩んでいたのが嘘のようにわたしは野放図になる。先生の太ももの上に座り込み、後ろ頭に手をかける。ざっかけなく刈り込まれた髪に指をくぐらせると、湿りけがある。

「暑いな」

彼はぼそりとつぶやいて、上に着ているものを脱ぎ捨てる。スクラブとその下の白いTシャツを一気に。

平たい腹部はうっすらと割れていて胸は厚みがある。それでいて、首から肩にかけての線は意外なくらいになだらかだ。ひと言でいうと、迫力のある身体だった。

衣服に絡まって眼鏡も外れて、精悍な風貌をやわらげるものがなくなる。普段は静かなまなざしが男性的な色味を帯びて、じっとわたしを見つめてくる。その烈しさに押されてかすかに怖気ると、先生は敏感に察して微笑む。

「いやいや、焦るな、俺」

そう自分に向かって呼びかける。困ったような笑い方に艶な色気がにじんでいる。

「あまりに久しぶりすぎて、かなり緊張しております」

「わたしも……緊張しています」

「そう」

左胸に手のひらを当てられる。ぴくん、と心臓が反応する。骨ばった手にふくらみが包まれる。

「ほんとだ」

屈託のない嬉しげな声に、含羞が込み上げる。どくどくと鳴る胸の鼓動が聞こえてきそうだった。わたしの胸に手を添えたまま先生は顔を近づけて、口をつけながらゆっくりと押し倒す。

「んぁ」

舌を吸われて変な声を洩らしてしまう。自分より十も年齢が上の人とこうなるのは初めてだ。

かつてわたしが付き合ってきたのは、みんな同世代の男性だった。どの人もそれなりにがっしりとしていたけど、千秋先生はまるでちがう。がっしりに加えてどっしりしている。体格のよさだけでなく、居ずまいというか動じなさというか。苦笑にすら余裕がただよっている。

これが四十男というものか……と、どぎまぎしつつも感心する。

組み敷かれたままニットシャツをたくし上げられ、頭からすぽんと脱がされてしまう。その手つきにもなんだか、ふてぶてしいものがあった。ここへきた当初、熱を出して診察されたことを思い出す。あのとき先生はわたしの口のなかを診て、胸と背に聴診器を当て、指でとんとんと触診をした。そうされて安心した。ちょっぴり恥ずかしかったけど不安はなかった。

今もそんな感じだった。身体をさわられて不安を感じないなんて、ふしぎだ。ブラジャーのホックが外されて、あらわになった胸がさすられる。

「……っ……」

ふさがれた口のなかで息を呑む。汗ばんだ肌から新しい汗がにじむ。それが先生の手のひらの汗と溶けあって、全身がしっとりとしてくる。

指と指の間に尖(とが)りを挟まれ、ちょっとだけ力を入れられる。甘やかな疼きが走り、たちまち硬くなってしまう。するともっと強めにそうされて、お腹の底がきゅっとなる。

(――んん)

疲れているせいなのか、やけに敏感になっている気がする。身体は綿みたいにくたくたなのに、皮膚が粒だち、息が弾んで、喉がからからになってくる。

冷房がきいていて室内は涼しい。だけどわたしたちの周りだけ、むっとした熱気が立ち込めている。汗と欲望の入り混じった、むせかえりそうなほど濃密な空気が。先生の身体からはうっすらと消毒液のにおいがする。夏の日のプールのような、なつかしいにおい。

「ふ……」

薄い唇が、すーっと喉の方へと移動する。くすぐったさに身じろぎすると、鎖骨のくぼみの汗を舐めとられる。

「ぁんっ」

やけに甘ったるい声がでた。まといつくような響きがあった。胸の谷間を舌がねろりと這(は)う。

「はぁ」

吐息がこぼれる。恥ずかしさと快さが自分のなかでせめぎあう。胸を舐められるなんて恥ずかしい。なのに、どんどん昂ぶりが増していく。もっと舐めまわしてほしい気持ちと、もう勘弁してほしい気持ちが喧嘩する。

胸の線に沿って濡れた舌が、ちゅるりとすべる。歯がやわらかな肉を甘噛みしてくる。

んん、と息を呑む。痛みとは微妙に異なる、痺れにも似た感覚が犬歯から注入される。

「ん……っ、く」

もう片側の左胸は筋張った手で押さえられて、揉まれる。骨っぽい指が食い込んで、心臓を直に握られているみたいな心地がする。指の跡が残りそうなほどの強さを加えられて、いいようにまさぐられる。まるで胸をおもちゃにされてるようで、せつない。どちらの先端も、つきつきしてくる。

舐められて、吸われて、指先で転がされて。そうされているうちに、痛いくらいに硬くなってしまう。歯に挟まれてしごかれて、

「ああ――」

泣きそうな声がこぼれる。無意識に腕を伸ばして彼の頭をぎゅっと抱き寄せる。真っ黒な髪は剛くて、ちくちくした。抱きしめることで、攻めるような愛撫に耐えた。

胸以外の場所にもキスを散らされる。むきだしにされた上半身の至るところに唇がつけられる。肩にも背中にも、腋下までも。避けようとしてもできなかった。重い身体にのしかかられて、難なく押さえつけられる。

「やあ……っは、あぁん」

思いがけない部分が感じて、びくんと震える。腰骨の尖ったところや、耳のつけ根も。そこを舐められると、猛烈にむずむずしてしまう。自分でも知らずにいた弱点をつぶさに掘り起こされていく――そんな感じだ。

ちゅ、ちゅ、と鳴らすように音を立てて首すじにキスしながら、彼はわたしのデニムのボタンを解く。そして流れるような自然さで足首まで下ろしてしまう。

湿った手が太ももを撫で上げる。人の身体をさわり慣れている、堂々とした手つきだ。なんのためらいもない。そのまま、下着の内ももの縁から指が侵入してくる。

「あ」

とっさに声をだすと、指は一瞬止まって、また動きだす。

「そっとしていくよ。そうっと」

喉もとに唇を当てたまま、先生は言う。思っていたとおり、下着も汗でぐっしょりだ。もしかしたら汗以外のものでも濡れているのかもしれない。さっきから身体の中心がずきずきし続けているから。

わたしの状態をたしかめようとするように、指がそろりと秘部をさぐってくる。急がないで、注意深く。そこが大切な場所であるのをよく分かっているかのように。まるで自分で自分をいじっているみたいに、あるいはもっと繊細に。

そんな丁寧な指づかいでふれられるのは初めてで、なぜだか泣けそうになってくる。

「痛いかな」

彼が尋ねてくる。水のようにすっとしたまなざしに、案じる気配が浮かんでいる。

「いえ……痛くない、です」

「よかった」

千秋先生は微笑む。心からこの状態を楽しんでいるような、とてもいい笑い方だった。

わたしの前髪にキスをして、中指で花弁をくすぐってくる。

「んん」

腰がひくんとゆれると、額に口をつけたまま先生はまた笑う。今度はちょっぴりいやらしく。あごの無精ひげが眉間を撫でる。意外なくらいやわらかな感触に、

「ふふ」

思わずわたしも笑ってしまう。

「うん？　どうかした？」

「ひげってやわらかいんですね……知らなかった」

と、先生の微笑が固まり、ぼすんと覆いかぶさってくる。重い。窒息しそうだ。

「まいったな」

くぐもった声でつぶやく。

「おっさんを嬉しがらせるようなことを、不用意に言うもんじゃないよ。調子に乗ってしまう」

切れ長の目の端がうっすらと染まっていて、どきっとするほどなまめかしい。とろりとしたものが奥の方からしたたる。節くれた指がやわやわと私自身をさすってくる。花弁を揉みほぐし、そのすぐ上の部分を指先でやさしく円を描く。

「っう、ん」

じくじくしてくる。疼くような感覚がじわりと下肢に広がっていく。

花弁が熱をもち、ぬるついた水があふれる。こらえようとしても抑えきれない。ぬちゅぬちゅと、あられもない音が下腹部から聞こえてきて、たまらなく恥ずかしい。まるでこうされて身体が喜んでいるみたいで。

ぬるんだ水をまとわりつかせて指の動作はさらになめらかになってゆく。あわいをつっとなぞり、指の腹で花弁を繰り返し繰り返し撫でる。そうされ続けていくうちに、秘部のなかに隠れていた秘芯があらわれる。

「すてきな顔になってきたね」

まぶたに熱い息がかかる。閉じていた目をこわごわ開けると、すぐ間近に彼の顔がある。

「あ――、んん」

ふくらみかけの粒をくりくりいじられて、顔がぐしゃっと歪む。不意に、もう一方の手であごを摑まれる。野性味のある動きに胸がとどろく。

「そのまま、いくまでの顔、見せて」

「……やっ」

うつむこうとするけれど、できない。やんわりと、だけど、がしりと固定されてしまう。

「恥ずかしいよね。ごめん。でも見たいんだ」

謝りながら（ちっともそんなふうではないけれど）先生は動作を続ける。指で潤みを掬って性感の核になすりつけ、小刻みに刺激してくる。全身の血がそこに凝縮する。快感も。こりっと、そこが起ち上がるのが分かった。肌理の粗い指の感触が、まざまざとそれを伝えてきた。

「ふ、ぅ……っ、ん、っく」

甘美な電流を流されるような感覚が、その一点に注がれる。指先で押されて、こすられて、撫でられる。極小の粒が痛いくらいに凝ってくる。腰から下が麻痺してゆく。弾けそうになるつど喉がくっと反り、息を止める。朦朧として目を閉じそうになると

「閉じないで、俺を見て」と耳もとでささやかれる。やさしい声音にどことなく命令の響きがあった。怖いような、ぞくぞくするような気分になった。

「あ……も……もぅ」

じんわりと目に薄い水の膜が張って、視界がぼやけてくる。

「つらい？」

わたしをなぶりながら、彼はやさしく訊いてくる。

「……ん」

小さくうなずくと、目の際の涙をちゅう、と吸われる。

「そろそろ、いこうか」

かすかな笑みを唇にのせて言う。その顔はいい人にも、人でなしにも見えた。男そのものという感じの微笑だった。ぷっくりとした緋色(ひいろ)の芯を堅い指がぷちゅ……と押す。瞬間、びりびりっとした感覚が足裏から一気に駆け上がってくる。

「ああ」

内ももがひくつき、腰がびくりと大きく跳ねる。まるで自分のどこかが爆(は)ぜるように。彼の目を見たまま——見られたまま——達してしまうのは、心のうちまで見られるような気分だった。

（千秋先生って……案外……いやらしいのかも）

陶酔の余韻に身をひたして、ぼーっとした頭でそんなことを思う。彼はわたしを抱きかかえると、汗で頬に貼りついた幾すじかの髪をはらいのける。

「疲れた？」

低い声が耳たぶをくすぐる。

「もう疲れて眠いなら、そうするよ。そうしようか？」

頬から指をすべらせて、肩にかかった髪もはらってくれる。やさしい動作だった。わたしの様子を気づかってくれる、いたわりを感じた。

厚みのある身体に、こわごわと両腕をまわす。裸の胸に顔をつけて、

「大丈夫、です」

言いながら照れてしまう。先生とこういうことをしていることに、今さらながらにどきどきしてくる。

「つづけましょう。このまま続けたい、です」うわずった声でそう伝える。

「先生は……？」

「もちろん」

ぎゅっと、力強く抱きしめ返される。

「もちろん続けたくてたまらないですよ。俺は」

率直な口ぶりに思わず笑みをこぼすと、

「かわいいなあ」

先生はわたしを見下ろし、しみじみとした口調でつぶやく。大人が子どもにかけるような言い方だった。

「……もう三十歳なんですけど」

「女性の三十なんてね、小娘みたいなもんですよ。それに」

一拍おいて、こう続ける。

「あなたはきっと四十になっても五十になってもかわいいよ。俺が保証します」

きっぱりと断言されて、どう反応すればいいものか困ってしまう。

「ありがとうございます」

とりあえずそう言うと、

「どういたしまして」

千秋先生は笑ってキスを落としてくる。それだけですべてを物語るような、とてもいいキスを。どうしよう。楽しい。すごく、すごく楽しい。

「ん――」

抱きあって舌を絡める。のんびり、ゆったりと。大きくてあたたかい舌に自分の舌を添わせて、じっくりと舐めあう。

さっきよりもわたしはリラックスしている。彼とのキスを楽しむ余裕が生まれている。吸われたら吸い返して、自ら巻きつけにもいく。混ざりあう唾液をこくりと飲み込むと、うっとりとした酩酊が喉をすべり下りていく。酒よりも快い酔いのようなものが。

キスをしながら先生はわたしの下腹部へと指を伸ばす。秘部がくつろぎかけているのを確認する。指が少しだけ沈められて、ん、と身体を震わす。

「痛かった?」

「いえ……ちょっと……久しぶりで、つい」

「そうか」

正直に答えると、指先はゆるやかに浅瀬を撫ぜる。ふれるかふれないかくらいの微弱さで。くすぐったさに内壁がきゅっとなると「お、いいね」と先生がにっと笑う。そのまましばらくそれを続けて、

「もう大丈夫、かな」

許可をとるように、わたしを見つめてくる。涼しげな一重まぶたに欲情の色みがあった。お尻の下にさっきから熱いものが当たっているのに、わたしは気づいていた。ジーンズの

ごわついた布地越しにもくっきりと伝わってくるほどの、硬い熱が。

それをこの目で直に見たくなり、こっくりとうなずく。言葉にもする。

「大丈夫……です」

「じゃあ、入れようか」

彼はその場に座ったまま、腕を斜めうしろへ伸ばして棚の引き出しを開ける。避妊具の箱を取り出すと、小袋を口にくわえて、ぴっと引き裂く。

「よかった。この中にしまっておいて」

装着しながら、わたしに笑いかける。

「二階の寝室まで取りにいったら間抜けだからね。こんな状態で」

見て見て、というふうに自らを無造作にさらけだす。それはぴんと反り立って、きれいな薄桃色だった。とっさに上質のソーセージを連想した。

おいしそうだとすら思ったことは……絶対に言えない。

先生はわたしの腰を両手で掴むと、軽々と持ち上げる。先端であわいを数度こすって角度を定め、少しずつめり込ませていく。快感とも違和感ともつかない感覚に、ぞわりとする。

「……あ……」

火傷しそうなほどの熱い昂ぶりが進入してくる。ゆっくり、ゆっくりと。意識が腹部に集中する。想像していたよりもずっと硬くて張っている。それに太い。大きい。ちゃんと自分のなかに収まるのか、怖くなってくる。

「く――ぅ」

ずず、とこすれる音が体内に反響する。ぴりっとした痛みを感じて、向かいあう身体にしがみつく。

「きつい？　つらいかな」

「ううん……久し、ぶり、だから」

圧迫感のあまり、ひと呼吸ごとに区切って言うと、

「そうだね。ごめん。もっとゆっくり、していくね」

骨ばった手で背中をさすられる。すーっとやさしく。下腹部に収まっているものは怒ってるみたいに猛っているのに、背を撫でる手つきは嘘みたいに落ち着いている。それがなんだかふしぎで、だけどこの人らしいと思った。

「だいじょ、ぶ……つづけて、くだ、さい」

「うん。ありがとう」

頭をひと撫でされて、そのまま腰を押さえられ、ずりゅっと潜り込まれてくる。

だろうか。

半分以上まで入ってしまうと、だいぶ楽になった。身体がこの感覚を思い出してきたの
「ああ」

千秋先生がため息をつく。

「がんばれ、俺。まだ出すなよ」

ちょっぴりおどけた口ぶりで笑いかけてくる。

「俺もね、久しぶりすぎて、むちゃくちゃ動揺しています」

「あはは」

結合したままわたしは笑う。とたんにお腹が、ぐにゅっとほぐれる。

「ん」

彼自身がぴくりと微震する。

「ああ、気持ちいいな」

穏やかなまなざしをうっすらと細めて、汗が心地よさそうに頬骨をつたう。

「こんなに気持ちがいいのは、ほんとうに久しぶりだ」

「……よかった」

自然とそんな言葉が口からこぼれる。千秋先生が気持ちよくなってくれるのが嬉しい。セックスしながら自然に笑いあえるのも嬉しい。なによりも、この人とこうして抱きあえているのが、とても嬉しく感じられてくる。

「嬉しいよ」と彼も言う。

「もう少し……進めるね。いいかな」

訊いてくれるのがまた嬉しい。わたしはうなずいて、太い首に両手をかける。指が埋まりそうなくらいの肉の厚みに心が逸(はや)る。お尻を包み込むようにして支えられ、嵌入(かんにゅう)が深められる。

「う……んぅ、っ」

男の欲望で女の空洞が埋められていく。満腹感とは異なる意味あいでお腹がいっぱいにされてしまう。わずかでもゆらされたら、たちまちびりっと裂けてしまいそうなほど。苦しい。けれど同時にわたしはこの苦しさを楽しんでいる。甘受している。快感と紙一重の苦しみを、存分に味わおうとしている。

とうとう熱い昂ぶりが、根もとまですっかり入ってしまう。当たりあう柔毛がくしゅくしゅこすれて、むず痒さに眉を寄せると、

「どれ」

先生は指先で結合部のすぐ上を、軽く搔いてくれる。「やわらかいね」と評されて無性に恥ずかしい。

「俺の、タワシみたいに剛毛だもん。うらやましいよ」

そう言って、またわたしを笑わせる。顔を赤らめて笑いながら唇をふれあわせる。

（んん……）

うっとりとした恍惚が全身を流れてゆく。つながったままキスをするのは、なんともいえない気分になる。重なった舌同士が溶けて、ひとつになっていくみたいだ。ううん、舌だけでなく胸も手脚も性器も、くっつきあっている部分のすべてが溶けていく。

ちゅぷ……くちゅ……と濡れた音が口内からも下腹部からも響いてくる。上も下も潤っている。彼の舌と性器が、わたしの口とお腹のなかを這いまわる。熱くて太くて瑞々しい。まるで意思をもった生きものみたいに自在に動いて、探索してくる。

芯熱が内壁をさすり上げる。やさしく急がず。それだけに執拗だ。女の内部を自分のかたちに変えようとするかのように、入念にこすりつけてくる。

ひりつく刺激を幾度も幾度も擦り込まれるうち、自分自身も呼応する。最初はぎこちなく、じょじょに大胆に。

彼の動きにあわせようと、自然と腰がゆれはじめる。たくましい身体に腕を絡めて、女の機能が目覚めだす。男の熱をくるんで、締めつけて、撓む。いつしか自分自身もまた生きものみたいに動いている。

　どちらももう何も話さず、笑わず、行為に沈み込んでいく。舌の愛撫と下腹部の愛撫が連動する。互いに攻めて、互いに呼応して、極まることしか考えられなくなる。やがてそんな思いも消えていき、ただひたすらに没頭する。

　口のなかの彼の呼吸が次第に小刻みになっていき、お腹のなかの熱が、ずんと重くなる。あ、くる、と察知する寸前、渾身の力で抱きしめられて、きゅーっと舌を吸われる。

「っ……」

　喉の奥で、声にならない呻きを彼は絞り出す。欲望も。どくんと芯熱が大きく脈打つのをたしかに感じた。その震動はわたしにも沁み込んで、彼の陶酔の大きさを全身で受けとめた。嬉しかった。くらくらするほど嬉しくて、数秒、意識を手放した。

　わたしをかかえ込んだまま、千秋先生は畳に敷かれたブランケットにどさりと倒れ込む。額に湿った息がかかる。

「ちょっと……早かったね。ごめんね、俺だけ」

　達したての表情は、どぎまぎするほど色っぽい。

「ううん、すごく……」

言いかけて口ごもると、

「うん。すごく、なに？」

目の際をかすかに染めて、いたずらっぽい視線を向けてくる彼に、

「すごく……その……よかった、です」

恥ずかしさを押し殺して答えると、先生はやわらかく目を細める。

「よかった」

つながりあったまま抱きあって、しばらくじっとしている。お互いに離れるのを惜しむかのように。そのとき突然、下腹部がぐるるるぅ～と鳴る。お腹の虫だった。どちらの音だろう。

「腹、空いてる？」

「……はい」

「だよね。俺も空いてるよ」

目をあわせ、同時に笑ってしまう。さっきまで充満していた性的な雰囲気は、たちまちどこかへいってしまう。

「そうだ。焼きそばとパエリア、食べようか」

千秋先生は自らをするりと引き抜くと、ブランケットでわたしの身体を包み込む。

「のんびりしていて」

そう言い残し、全裸のまま居間を出て台所へ向かう。お腹のなかが空っぽになって空腹をはっきりと感じる。でもそれは、どこか充たされたような空腹感だった。

ぎゅるるるる～、とさっきよりも大きくお腹の虫が鳴り、ひとり赤面してしまう。

第三章　ゆっくりした指先に感じて

一

ちゃぶ台の向かい側でのりちゃんは、かりかりと鉛筆を走らせて夏休みの宿題の作文を書いている。途中で飽きてきたのか、ふぁ～と欠伸(あくび)をする。

「のり、作文きらい。絵日記の方が好き」

「なんの題で書いてるの?」

尋ねると、〝将来の夢〟だそうだ。のりちゃんの夢は三つあるという。

「一つはね、おばあちゃんと同じ看護師さん。それかネイリストになる」

藍川村にはネイルサロンがないので、ネイルのお店を開いたらきっと繁盛すると思う、と主張する。

「それかね、焼きそば屋さん。この前お祭りで食べたやつおいしかったから、あんなのを作って売るの」

「なりたいものが三つもあるんだ、すごいなあ」

「そうよねえ。去年なんて『大きくなったらキリンさんになります』なんて書いてたのにねえ。えらい進歩だわ」

厚切りしたスイカの載った大皿を、より子さんが運んでくる。夏祭りからそろそろ一週間が経とうとしていた。

土曜日の午後だった。診療所の仕事を終えたより子さんはうちまでのりちゃんを迎えにきて、患者さんからいただいたという大玉スイカをお裾分けしてくれた。そのお礼にと、素麺(そうめん)を茹でて昼食を共にした。

「将来の夢、ねえ」

スイカを食べるのりちゃんの手もとにある作文用紙を眺めてつぶやくと、

「なつきちゃんはなんで、お料理する人になったの？」

「なんでかなあ。料理をするのと食べるのが、好きだったからかな」

そう答えるとのりちゃんは「ふうん」とうなずく。スイカの種を小皿にぷっと飛ばして、

「エマちゃんはねえ、秀ちゃん先生のお嫁さんになるって書いてた」

んぐ、とスイカが喉に詰まりかける。

「そ……そうなんだ」

エマちゃんとは、夏祭りの日にのりちゃんと一緒に夜店にきていた子だ。長い髪をお団子にして、千秋先生から手足口病がどうのと言われていたような。

「エマちゃんはほんとはね、担任の瀬藤(せとう)先生が好きなの。でも瀬藤先生はもう結婚してる

から、秀ちゃん先生でもいい、って」

（そう……秀ちゃん先生でもいい、なんだ）

微妙な気分だ。千秋先生、言われてますよ……と内心でささやく。

「あらあ、お医者と結婚なんてやめといた方がいいわよ」

スイカの汁でべとべとになったのりちゃんの手をティッシュで拭きつつ、より子さんは言う。

「医者なんて気難しいしプライドは高いし、親切なのは患者さんに対してだけで、うちに帰ったら縦のものを横にもしない横着者ばっかりよ。のり、エマちゃんにそう言ったげなさい」

「うん」

「あ、でも千秋先生はそんなこと……」

そう言いかけて口を閉じる。

「ん？　なつきさん、ごめん、今なんて？」

「い、いいえなんでも」

ぱくりとスイカにかぶりつく。千秋先生は縦のものを横にも、なんなら斜めにもしてくれますが、という反論をスイカと一緒に呑み込む。へたなことを口にして怪しまれてはいけない。そうでなくともより子さんは、かなり勘の鋭い人だと思うのだ。

それだけに今の発言が気になった。のりちゃんがトイレに立ったタイミングで、それとなく訊いてみる。

「あのう、お医者さまって、実際そんなに気難しいものなんですか？」

「ああ、さっきのね。ちょっと口がすべっちゃったわね」

より子さんは苦笑する。そして言う。実は別れた夫がそういう医師だったのだ、と。

「お医者さまと結婚してらしたんですか」

驚くものの、より子さんは看護師なのだから、考えてみたら意外ではない。

「昔よ昔。大昔」

彼女は手をぱたぱたと振る。

「医師としては優秀だったけど人間としては難があってね。ま、あたしも若かったから、医者っていうだけで目がくらんだところ、正直あったのよね」

より子さんと元旦那さんの間には娘さんがひとり、いるという。つまり、のりちゃんの母親だ。

「娘も離婚しちゃってね。今はちがう人と再婚してるんだけど、どうも向こうは連れ子が邪魔みたいで」

より子さんは声のトーンを落とし、トイレの方角へ目をやる。娘さんはもう長いこと、のりちゃんに会いにきていないそうだ。もちろん去年の夏祭りにも。

「まあ、娘もまだ三十歳で若いしね。こんな田舎にいろってていうのも無理な話ではあるのよ。もしあたしが今、三十だったら、やっぱりここから飛び出してると思うし」

さばさばとした口調のなかに、微量の苦みがあった。より子さんの娘さんは、偶然にもわたしと同い年だった。結婚して子どもを産んで離婚して、再び結婚して……かたやこっちは無職の独身だ。

（同じ三十歳でも……えらいちがいだわ）

なんとなく負けた感じがするのはなぜだろう。そこへ、のりちゃんが体操着の裾で手を拭きながら戻ってくる。

「あーっ、おばあちゃん、のりの作文かってに読んじゃダメっ」

「あのねえ、看護師の〝ご〟は、数字の五じゃないのよ」

より子さんはからから笑う。

「……ということがあったんです」

「そうですか」

その晩、寝物語に昼間の話をした。より子さんの離婚歴についての部分は省いて、のりちゃんの将来の夢と、エマちゃんが担任の先生の代わりに千秋先生と結婚してもいいという話を。

「控えの旦那候補とは、俺もまだまだだなあ」

彼は楽しそうに言って、胸もとに顔を寄せているわたしの背中をさする。二階の寝室の六畳間にでんと置かれているこのベッドは、この人の体格のよさを差し引いても、かなり大きい。クイーンサイズか、もっとかも。厚いマットレスに敷かれたシーツはひんやりとして清潔だ。

身体を重ねあわせるのは今日で三度目だった。一週間で三度。頻度としては多いのか、少ないのか。自分にしては多い方だと思うけど、千秋先生からすればどうなのだろう。

「喉かわいていない？　飲みもの、もってこようか」

「あ……ありがとう、ございます」

先生はベッドを下りると、そのままの状態で部屋を出る。とんとんと階段を下りる音が聞こえてくる。気がきく人だなあ……と思う。

昼間より子さんに反論しかかったように、千秋先生はフットワークが軽い。ちょっとしたことにもすぐ気がついて、わたしより先に動いてくれる。ひとり暮らしをしているからそうなったのかもしれないけれど、むしろ彼自身にもともと備わっている資質のようにも感じられた。

ごろりと寝返りをうつと、畳の上に回覧板があった。

「ああ、それね」

麦茶ポットとグラスを手に彼が戻ってくる。全裸なので目のやり場に困る。それでいて眼鏡だけかけているので、どこかユーモラスでもある。

「あなたのうちにもっていこうと思ってたんだ」

はい、と渡されて開くと、お知らせ用紙がクリップで留められていた。

『藍川村に映画の撮影隊がやってきます！』

〈八月二十九日から三十一日まで、『劇場版　反社会的勢力的ラブストーリー』シリーズでおなじみのマスダケンタ監督の新作の撮影が、ここ藍川村にて行われます……〉

「映画撮影の人たちがくるんですか」

「そうらしいね。有名な監督なの？　俺はよく知らないんだけど」

たしか「反社」シリーズは、そこそこヒットしていた気がする。パート1はわたしも妹と一緒に観にいった。

「妹さんがいるんだ。いいね。仲はいいの？」

「九つも年下なので、仲がいいというよりも面倒をみてきた感じですね」

「そう」

彼は麦茶のグラスに口をつけ、静かな声で「あなたは」と言う。

「きっといいお姉さんなんだろうね。なんとなく分かります。俺はひとりっ子だから、きょうだいがいてうらやましいよ」

千秋先生はくだけた言葉づかいを極力しない。ですます口調でなくなるのは、こうして二人きりでいるときだ。一人称が「僕」から「俺」に変わるのも。

おそらく意識して使い分けているのだろう。そういうところにも彼の細やかさを感じる。あるいは用心深さを。

冷たい麦茶を飲み終えると、彼はわたしの手からグラスを受けとり、ついでにという感じでキスをする。唇で唇を撫でるようにふんわりと。ひげがくすぐったくて、つい笑うと、

「いい顔」

レンズ越しに微笑を返される。先生の方こそいい表情で、油断すると見惚れそうになってしまう。

「今夜はこのまま一緒に寝ませんか?」

低い声でささやかれて、ほんの少し、躊躇する。実は朝までこの家にいたことはまだ、

ない。最初にこうなった晩も夜更けには帰ったし、二度目のときもそうだった。なまじお隣同士なので、かえって泊まるのに気が引けたのだ。図々しくはないだろうか……と。

「明日は日曜だから早起きをしなくていいし、朝メシを作りますよ。畑から適当な野菜を引っこ抜いて」

「先生、料理なんてするんですか」

驚くわたしに、「そりゃあしますよ」と彼は言う。

「そうだね、ジャガイモの代わりにカボチャでスパニッシュオムレツでも作ろうか」

心そそられる提案だった。「では……お言葉に甘えまして」と答えると、

「やった」

先生は嬉しそうに——ほんとうに嬉しそうに——にっこりと笑う。そうしてまたキスをして、思い出したように眼鏡を外す。四度目のセックスに入りそうな雰囲気になる。

結局、帰宅したのは翌日の夕方だった。

ほぼ丸一日、お隣にいた。あきれるほど怠惰な週末を過ごしてしまった。それでいて、帰ってきたら帰ってきたでほっとする。誰かと終日一緒にいるなんて久々で、さすがに疲れてしまった。

廊下の雨戸を開けて換気をすると、五時を告げるサイレンが聞こえる。西日色になりかけた空に、うろこ雲が浮かんでいる。一週間前の夏祭りの頃よりもいくぶん涼しい。空気に秋の気配が混じってきている。

全身のそこかしこが筋肉痛だった。普段あまり使わない部分を、よく動かしたからだろう。特に脚のつけ根が痛む。お腹の奥もひりひりする。まだそこに何かが挟まっているような、彼の存在感が自分のなかに居座っている。

畳にごろりと寝転んで、肩や腕をくんくんと嗅ぐ。お隣のお風呂場の石けんのにおいがする。清潔でさっぱりとしたにおい。あの人の肌のにおいでもある。それが自分にもうつっている。

自分の家に帰ってきてほっとしたばかりなのに、今度はさびしくなる。昨日の今時分に戻りたい。そんなことを思う自分に困ってしまう。

(やばいなあ。これは……かなりやばいかも)

がさついた大きな手に、たくさんふれられた。千秋先生はやさしかった。適度に強引で、しっかりといやらしかった。上手いというのとは少しちがう。ただ、純粋に、よかった。相手の反応をつぶさに見て、探りながら確認しながら進めてくる。そんなやり方だった。大胆だけど用心深い。わたしを思うように扱いながら、不安にさせない。

相手が耐えられるぎりぎり寸前の部分まで攻めてきて、でも、これ以上は無理、というところをちゃんと分かってくれた。だからわたしは安心して乱れることができた。今から思い返したら、恥ずかしくなってしまうくらい。

内臓がぐっと押し上げられて、快と不快が行き来する感覚を何度も味わった。しまいには我を忘れて「もっと」とか「すごい」とか口走っていた気がする。

(うわあ、恥ずかしい……ちょっともう、恥ずかしすぎるよ)

自分はもう、かなりあの人のことを好きになっているのかもしれない。

天井のマーブル模様の木目をぼんやりと眺める。指先で唇をさわると、ここもちょっぴりひりついた。抱きあいながらしょっちゅうキスをしたものだから。

でも、これからどうしよう。今は八月の下旬だ。わたしがここにいるのは、せいぜいあと一ヶ月というところ。失業保険が切れるまでに次の職を見つけなければならない。要するに東京へ戻らなければ。

言い換えるなら、先生とこうしてこんなふうにしていられるのも、あと一ヶ月弱ということだった。

(ひと月なんてあっという間じゃない。そもそもここにきてから、もうひと月経っちゃってるし……)

そこで唐突に、こんな疑問が浮かんでくる。そもそも向こうはわたしのことをどう思っているのだろう、と。

(そ、そりゃあ、こういうことをしあっててるんだから、嫌われてはいないだろうけど……千秋先生も、わたしがいずれ東京へ戻ることは知っているわけで……)

そして、こうも思う。もしや彼は、だからこそわたしに手を出してきたのだろうか……と。あとくされなくこういうことが楽しめる相手として。つまり、要するに、セフレ的な感じで。

「いやいやいやっ」

その考えを即座に否定し、ヘッドバンキングみたいにぶんぶんと頭を振る。そんなはずはない。千秋先生に限ってまさかそんなはずは、と。そんなのあまりにもゲスでふらちでひどい。

と、さらにそこで自分自身に思いをめぐらす。では、わたしはどうなのだろう――と。どういうつもりでわたしは彼と寝たのだろう。この村に居つく気もないのに、東京へ帰る気持ちは変わらないのに、易々と彼に惹かれて。寝て。先生からすれば、わたしの方こそセフレ的にこの関係を楽しんでるように見えているのかもしれない。

(そ、そんなことない！　で、でも……もしかしたらひょっとしたら……そう……だとし

たら）

千秋先生はわたしに何も訊いてこない。これからどうするつもりなのかとか、仕事のあてはあるのか、といったことは。

それは彼なりの気遣いなのだろうと受けとめていたけど、ひょっとしてわたしが「ずっと先生のそばにいたい」なんて言いださないようにと、予防線を張っているのかもしれない……。

なんて疑念まで湧いてきた。

（べ、べつにそれでもいいじゃない！　わたしだって、ずっとここにいるつもりなんて、ないんだし）

藍川村はたしかにのんびりとしていいところだけど、そう感じるのはわたしが旅行者的な、気楽な立場だからだろう。

ここでずっと暮らせるかと問われたら、正直いって無理だと思う。コンビニもファミレスも病院も映画館もない。この土地で生きていく自分の姿が想像できない。だから、先生との関係はあと一ヶ月弱だ。それでいい。いや、そうする以外に、ない。

カエルの鳴き声に混じって鈴虫の音が聞こえてくる。少しずつ秋が近づいてきている。

二

数日後の午後のこと。スーパー桐生へ買い出しにいったら、商品棚の品がごそっと空になっていた。ノブコさんに尋ねると、映画の撮影隊が買い占めていったとのことだ。

「映画?」

首をかしげるわたしに、

「ほれ、回覧板がまわってきてたろ」

そう教えてくれる。今日から三日間、山のキャンプ場の近くでロケ撮影をするために大型車が何台もやってきたという。

「菓子やらパンやらジュースやら、まとめて買っていったわ」

「じゃあ、しばらくこちらも繁盛しますね」

「なあに、どうせ金が落ちるのは隣町の方だけだて」

ノブコさんは冷静だ。この辺りには宿泊施設や食堂もないので、映画会社の人たちは隣町のホテルに泊まり、通いでここまでくるらしい。

「詳しいですね」と言うと、前にもドラマの撮影隊がやってきて、そうだったとのことだ。

棚に残っている商品を眺めていると、あるものに目が留まる。

「こういうのも扱ってるんですね。気づきませんでした」

バルサミコ酢の小ボトルだ。手にとって示すと、ノブコさんは一瞬、視線をゆらす。困ったみたいな曖昧な顔になる。うん？　とどこか引っかかる。

いつだったか、これとよく似た表情をどこかで見た憶えがあるような……。あれはたしか……そうだ、集会所での試食会だ。夏祭りの夜店で販売する焼きそばを三種類作って、三番目のやつを出したときに、実行委員の方がたから、こんな顔をされたのだった。

バルサミコ酢をソースに混ぜた、酸味のきいた暑気払い焼きそば。自信作だっただけに、まるで人気がなくて、ちょっとへこんだ。

そういえばあのとき、どうもみなさん千秋先生をちらちら見ていたようだったけど……結局、なんだったのだろう。気になってはいたけれど、いつとはなしに忘れていた。

「あのう、診療所の千秋先生ってバルサミコ酢がお嫌い、なんでしょうか？」

訊いてから、なんだこの質問は、と我ながら思う。嫌いだったらなんだというのだ。それで他の人が彼の反応を気にするなんて、いくら村唯一の医師とはいえそこまでしなくてもいいだろうに。

ノブコさんはぐう、というふうに口を一文字に結んで、わたしを見る。尋ねたこちらが戸惑うほどの深刻な表情だ。周囲にさっと目を走らせ、店内に他に人がいないのを確認すると、声を落として言う。

「うちの店のせいで若先生は、ヨメさんに逃げられたんだ」

「……はい？」

想像のはるか斜め上をゆく回答が飛び出た。

「おれがここの棚に、米酢と黒酢とポン酢しか置いてねがったから、若先生はヨメさんに……」

「あ、あの、それってどういう――」

がらりと入り口の戸が開いて、「こんにちはあ」とお客さんが入ってくる。

「まだまだ暑いねえ。あれえ、棚が空っぽだけど、どうしたの」

「ああ、映画の撮影隊がきてな」

ノブコさんはいつもの、気持ちやや仏頂面という表情に戻って、わたしから離れていく。

すごいことを聞いてしまった。すごいというか、意味が分からないというか。

千秋先生に離婚歴があるのは知っていたけれど、そこに至る背景はもちろん知る由もなかった。性格の不一致かなにかかな、と漠然と考えていた。

しかしまさかバルサミコ酢が関わっていたなんて。いったいどういうことなのか。皆目分からない。どんな名探偵でも解けない謎だと思う。

「バルサミコ酢……なんなんだろう」

自転車を走らせてつぶやく。外れたチェーンを千秋先生がつけ直して、油も差してくれたので漕ぎ具合がよくなった。もう、ぎーぎーと変な音もしない。ついでにと先生はタイヤ交換までしてくれた。

男性から食事をごちそうされるとか、プレゼントをされるとか、そういった経験は何度かある。でも、壊れた自転車を直してもらったのは初めてだ。泊まった日の翌朝に朝食を作ってもらったことも。

そういった思いやりを、彼は無意識に、たとえばポケットからなにかがこぼれるみたいにして見せてくれる。だからきっと奥さんにもやさしかったと思うのだけど、どうして別れたのだろう。それもバルサミコ酢が原因で。

北町集落へ入ると、診療所前の道路に大型のマイクロバスが停まっていた。何人もの人が所在なげに立っている。ほとんど男性だけど、女性も数名いる。その横を自転車で通りすぎて帰宅する。

買いもの袋を両手にかかえて台所へ運ぶと、「ごめんくださーい」と玄関から声がする。

「すみません！　おトイレお借りしてもいいでしょうか？」

さっき見かけた一団のひとりだった。ショートカットの若い女性で、妹と同じくらいの年頃だろうか。「どうぞ」と言うと、

「ありがとうございます！」

トイレから出てきた彼女は深々とお辞儀をする。自分たちは映画を撮りにきている者だという。監督が撮影中に怪我してしまい、お隣の診療所で診てもらっているところだと説明する。

「がやがやしてすみません。マスダ監督、山の上流の方の川で、どれくらい水が冷たいか確認するって裸足で入っちゃって。そしたら尖った石で足の裏をすぱーって。あ、申し遅れました。私、制作部の水野（みずの）といいます」

はきはきとして気持ちのいい子だ。ジーンズに黒のTシャツ姿で、背中には『涅槃（ねはん）の果て』という大きな文字が、でかでかと白抜きされている。映画の題名だろうか。

汗びっしょりの水野さんに、ピッチャーで作り置きしていた麦茶を出すと、ごくごくと喉を鳴らして飲む。

「生き返ったあ、ごちそうさまです。監督の治療そろそろ終わってるかなあ。お隣の診療所、雰囲気ありますよね。ドクターものの作品にそのまま使えそう。先生もカッコいいで

すし。私びっくりしちゃいました。こんな田舎にイケメンいたー、って」

「あ、そうですね。そうなの……かな」

先生がカッコいいという発言に、どきりとしてしまう。と、彼女の携帯電話が鳴る。

「はい、水野です。えっ……それマジですか。うわあ～、初日からトラブル山盛りですね。はい、はい、すぐに戻ります」

電話を切るともう一度わたしに頭を下げて、家をあとにする。

「じゃあ失礼します。お茶、ごちそうさまでした。トイレも」

それからしばらく経っても診療所の前のマイクロバスは動かない。それどころか、もう一台やってきた。さっきの彼女は電話の相手に「トラブル山盛り」と言ってたけれど、なにか問題でも起きたのだろうか。

(先生……大丈夫……よね?)

心配になってきて、ちょっとだけ様子を見にいく。

車寄せの周辺にはさっきよりも人がいて、ほぼ全員『涅槃の果て』Tシャツを着ている。「押しそう」とか「スケジュールが」とか話していて、部外者のわたしが紛れ込んでいるのを気にもとめない。

「蒲生さんっ！　なんでここに⁉」

急に名前を呼ばれ、びっくりして振り向くと、相田さんがいた。役場の観光課の、夏祭りのときに一緒に働いた方だ。

「あ、あの、なんだか人がたくさんいるので……わたし隣に住んでますので、ちょっと、気になって」

弁解口調でそう言うと「あ、そうでしたっけ」と相田さんはうなずく。

ワイシャツに汗じみをつけて、おっとりとした表情に焦りの色が浮かんでいるような。相田さんは役場の代表で、撮影隊のアテンドをしているそうだ。

「監督が怪我をされたとスタッフの方に聞いたんですが……」

「そうなんです。でも、それよりもっと困った事態が発生しまして……そうだっ！」

いいことを思いついたというふうに、彼はぱっと顔を輝かせる。

「蒲生さん、突然なんですが三十人分の晩飯を作ってもらえませんか？　七時までに」

「さ、三十人分ですか」

いきなり言われて泡を食う。訊くと、夕飯のお弁当を予約していた隣町の仕出し屋さんが食中毒を起こし、営業停止になったという。

「今から他の弁当屋を探そうにも今日の分はもう間に合わないし、スケジュールは押してるし、監督は怪我しちゃったしで……蒲生さん！　ほんと申し訳ありませんが、どうか力を貸してください！　僕、僕も手伝いますんで」

「あ、さっきのお姉さんじゃないですかあ」

そこへ元気な声が加わる。水野さんだった。

「あれ、もう知り合ったの？」と相田さん。

「ええ。このお姉さんちでトイレお借りして、麦茶もいただいたんです。監督の手当て終わったんで、私らこれから現場に戻ります。それで、夜ごはんの方は相田さんにお願いして大丈夫でしょうか？」

水野さんの質問に対し、相田さんはわたしに〝助けて！〟という視線を投げてくる。それもびっくりマークつきの。そういえば夏祭りのときも、こんなふうに巻き込まれたような……と思いつつも、相田さんに代わって水野さんに答える。

「大丈夫です」


メニューは炊きだしの定番であるカレーにした。夏祭りで使った文化鍋を、相田さんが集会所からもってきてくれることになる。

「途中でノブコさんの店に寄って、ありったけの肉と野菜、カレールーを買ってきてください」

と指示を出す。相田さんが役場の車で出発してすぐ、診療所から小柄な男性が出てきた。『涅槃の果て』Tシャツに半ズボン、おしゃれな中折れ帽を頭にのせて、右足をかばうようにして歩いている。

「あれがマスダ監督です」

と水野さんが教えてくれる。

「みなさんどーもすみません！　日没まであと一時間半あるんで、巻いていきましょーっ」

監督のそばにいる男性がスタッフ勢に呼びかけて、一行はぞろぞろとマイクロバスへ移動する。

「それでは七時にまたきますんで。どうぞよろしくお願いします！」

最後に水野さんが乗り込むと、バスは発進する。さて、と腕まくりをする。一時間半で三十食だ。こちらも巻いていかないと。

帰ってきた相田さんと手分けして野菜を洗って、米を研ぎ、早く火が通るように野菜は小さめに切っていく。

「あれ。玄関に誰かきたみたいですね」

台所の床に座り込み、すりこぎでスパイスをすり潰している相田さんが顔を上げる。

「ちょっと僕、見てきます」

台所をいったん出ると、なんと千秋先生を連れて戻ってきた。先生はカボチャを小脇にかかえている。

「どうも。大丈夫ですか。なんだかまたえらいことになってるようで」

差し入れです、とカボチャを渡される。

「先生、手伝いにきてくれたんですか。ありがたい。じゃあ、このニンジンとジャガイモ切るのをお願いします」

すかさずに相田さんが、ザルに山盛りの野菜を彼に託す。

「診療所の方はいいんですか？」と尋ねると、

「もう六時を過ぎたんで終わりました」と敬語で返してくる。

のりちゃんが夏風邪をひいて熱を出し、その看病でより子さんは本日お休みしたそうだ。

そういえば今日、のりちゃんはおやつを食べにやってこなかったっけ。

「そういうときに限ってこれです。まったくあの監督、ＣＴスキャンはないのかとか保険証を忘れてきたとか。おまけにぞろぞろと大人数を引き連れて」

「まあまあ、先生。牧村(まきむら)なる美もきてるそうですよ。ほら、あの〝なるＭＩＸ〟が」

「なるＭＩＸが⁉」と、これはわたし。

「そうそう。元グラビアクイーンのなるＭＩＸが。僕、彼女のグラドル時代のＤＶＤもってるんですよ。ああ、サインしてくれないかな。ダメもとで頼んでみようかなあ」

「奥さんにタレこみますよ、相田さん。ちょうど明日、検診にくる臨月の奥さんに」

「あっ、先生。どうかうちの奥さんにはご内密に……って、なんか塩対応ですね」

わたしもそう思った。千秋先生にしては珍しく、若干不機嫌そうというか、さっきから話し方がそっけない。今日いやなことでもあったのだろうか。

「ところでその、なるＭＩＸって有名なんですか？」

先生の質問に「知らないんですか？」と、わたしと相田さんは声をハモらせる。

牧村なる美は元グラビアアイドルの女優で、この数年めきめきと頭角を現し、多くの映画やテレビドラマに出ている。男性はもちろん、さばさばとした人柄が同性にも人気で、わたしもけっこう好きだ。愛称は〝なるＭＩＸ〟。

「僕、テレビとかあまり観ないんで」

「そういえばそうですよね。千秋先生がテレビを観ているとこ、わたし見たことが……」

そこではっと手で口を押さえる。相田さんに目をやると、鼻歌を歌いながらスパイスをごりごりすっている。どうやら聞いてなかったようだ。千秋先生はというと、素知らぬ顔をしてニンジンをぶつ切りしている。

わたしも口を閉じて手を動かす。炊飯器に加えて圧力鍋と土鍋でお米を炊いて、文化鍋で肉と野菜を炒める。スーパー桐生で買ってきた何種類ものカレールウを、甘口も辛口も一緒くたに鍋へぶち込んで、そこへすったスパイスと醤油とソースとケチャップを混ぜ込む。要するになんでも入れる。

カレーを煮込んでいる間、差し入れのカボチャをぜんぶ使って、ゆで玉子とカボチャのサラダも作った。

七時を少し過ぎた頃、撮影隊のマイクロバスが戻ってくる。

「ごはん、もうできてますかー?」

水野さんと制作部の人たちがやってきて、料理を外へ運んでくれる。診療所の庭先には横長のテーブルが二つセッティングされていた。紙皿やプラスチックのスプーンにお茶のボトルなども。さすがは映画の撮影隊。手際がいい。

給食の列みたいに一列に並んでもらって、わたしがカレーを、相田さんがサラダを盛りつけていく。「おお、うまそう」「いいにおい」「お姉さんが作ったんですか?」と口々に言われる。

「うわあ。すっごくおいしそうですね。大盛りにしちゃってください」

スタッフに交じって、なるＭＩＸも普通に並んでいたので、びっくりする。

「私、大食らいなんですよ。カレー大好きだし、これはテンション上がるわ〜」

きらきらとした笑顔がまぶしく、テレビや映画で観るよりもずっと美しい。黒のキャミソールに赤いカーディガンをはおり、ぴっちりした白のパンツをあわせている。胸が大きくて腰が細く、お尻がきゅっと締まっている。そして脚がすらりとしている。

あまりの美麗さに、同性ながらときめいてしまう。相田さんはわたし以上にぽーっとなって、カボチャサラダを特盛によそっている。

「なつきさん、相田さんも、こっちこっちー」

水野さんに誘われて、わたしたちも制作部の輪に加わって食べる。どの人も食欲旺盛で、もりもりとたいらげてくれているのが嬉しい。

「『涅槃の果て』ってどんな映画なんですか?」

水野さんに質問すると、牧村なる美演じる主人公が、突然失踪した恋人の行方を捜すミステリアス・ロードムービーだそうだ。

「なる美さん、超いい感じなんで、完成したらぜひ観てみてくださいーーあ」

少し離れた長テーブルに彼女は目を向ける。視線の先には牧村なる美と、千秋先生がいた。隣りあってカレーを食べている。どちらも楽しそうに笑いながら。

「なる美さん、さっそくロックオンしてる。ガタイのいいワイルド系がお好みなんですよ

ねえ」と言う水野さんに、

「そういやグラドル時代から、格闘家とか野球選手とかと噂ありましたもんね」

相田さんが相づちをうち、うらやましそうに千秋先生を眺める。

「すげー、なるＭＩＸ相手に動じてねえー。俺には無理だわ」

何を話しているのだろう。先生は身振り手振りを交えて牧村なる美に語りかけ、彼女はしきりにうなずいている。あはは、と笑って先生のひざをぽんぽん叩く。それを見て、針でつつかれたように胸がちくっとする。

「ごちそうさまでした」

空になった紙皿を手に立ち上がる。わいわいと楽しく食べていたのに、急に楽しくなくなった。

「空いたお皿、片づけちゃいますね」

食べ終わった人たちの皿やスプーンをゴミ袋に回収してゆく。


食事が済んで撮影隊が去っていくと、相田さんからお礼を言われる。

「蒲生さん、どうもありがとうございます。助かりました……って千秋先生、なるＭＩＸとなんの話をしてたんですかっ？」

「いや、次のドラマで医者役をやるとかで、いろいろ訊かれただけです。脈のとり方とか」

「ほんとにそれだけですかあ⁉ 膝ぽんぽんとか、されてたじゃないですか！」

「ああ、あれはちょっとどきっとしたね」

「洗いものがあるので、わたしはここで失礼します」

会話する彼らをよそに、空になった文化鍋をよいしょと持ち上げて自宅へいこうとすると、

「あ、もちろん僕も手伝いますよ。鍋を集会所に返しにいかないといけませんし」

相田さんが他の鍋をかかえてわたしに続く。

「いや、こっちでやりますよ」

傍らの千秋先生が、彼の腕から重ねた鍋をひょいと取り上げる。

「どうせ明日も撮影隊の面倒みなくちゃいけないんでしょ。奥さんも待ってるだろうし、早く帰ってあげなさいよ」

穏やかな声音の底に、そこはかとなく有無をいわせないものがあった。だけど相田さんは気づいてないのか、それとも気にしていないのか、あっさりと引き下がる。

「そうですか？ じゃあお言葉に甘えまして。おっしゃるとおり明日も朝からアテンドし

ないとなんですよね。蒲生さん、鍋は明日、引き取りにきますんで」

お疲れさまでした、と声をかけ、相田さんは車を発進させる。わたしと先生だけが残される。少し前までの騒々しさが嘘みたいに、しんと静まり返る。

鍋をかかえ直して家へ向かうと、先生もついてくる。玄関の前で振り返り、言う。

「ここでけっこうです。あとは自分で洗いますから」

「ひとりだと大変でしょう。手伝いますよ」

「大丈夫です。どうせ流しの蛇口はひとつしかありませんし。二人いても意味ないので」

どうして口調がつっけんどんになるのだろう。さっきからいやな具合に、胸がちくちくしてるんだろう。千秋先生はわたしを見て、

「ひょっとして、俺に怒ってる？」

「怒ってません」

即答する。いきなりの「俺」モードがまた癇にさわった。

「怒る理由がありません。だから怒っていません」

「いや、怒ってるでしょう。どう見ても。口がへの字になってるし」

その指摘に、さらにかちんとくる。何か言い返してやりたくなる。

「ち、千秋先生こそ、さっきの微妙に相田さんに失礼な態度でしたよ。さっさと帰れって

感じがして」

「そうですか」

「横で聞いていて、なんだかなあって思いました」

「あなたの家に上がり込んでほしくなかったんですよ。それで」

先生はわたしを見つめたまま、淀みのない口調で言う。両手の鍋を足もとに置くと、がりがりと頭をかく。くっきりとした眉と眉の間にしわを寄せて、どこか感情を持て余すかのような表情だ。

「いや、もちろん彼はグラドル好きの愛妻家で、よき社会人、よき家庭人ですよ。だけど俺の目の前で他の男をほいほいと家に上げてほしくない。それで割り込みました。カボチャもって」

「あ……」

そういえば三人でカレーを作っている間、千秋先生はどこか不機嫌そうな様子だった。てっきり差し入れにきたついでに料理の手伝いをさせられて、怒っているのかな……？　なんて思ったのだけど……。

「あなたの家に彼が入って、なかなか出てこないもんだから、どうにも気になって」

眉間にしわを刻んだまま、そう言う。そのしわを指でなぞりたいと思っている自分に、気がつく。

「わたし……なるＭＩＸさんと先生がカレーを食べながら、楽しそうに話しているのを見て……その、自分でもよく分からない、いやな気持ちになったんです」

「ごめん」

先生は謝る。率直に。わたしの手から文化鍋を受けとると、これも下に置く。

「無神経だったね。いやな気持ちにさせて、ごめん」

その言葉に胸のなかのちくちくが、すーっと消えていく。先生の腕が伸びてきて、節高の指が後頭部に添えられる。上向かせられて目が自然と閉じる。次にくるものを待ち受けるように。そしてかすかにスパイスの味がするキスを交わす。

玄関の戸を開けると、お風呂場へ直行した。どちらも汗をかいていたし、カレーの香りが身体じゅうについていた。タイル張りの、けっして広くはない浴室は大人が二人も入るとぎゅうぎゅうだ。かえってそれにどぎまぎした。

洗い場で一緒にシャワーを浴びる。清潔なお湯が勢いよく頭上から降り注ぐ。

「はあ」

ため息が洩れる。壁に両手をつけて立っている恰好で、背には頑丈な胸が当たっている。

太い両腕が前にまわってきて、羽交い絞めでもするようにぎゅっと抱かれる。濡れた裸と裸がくっつく。

湯気が立ち込めて空気が熱くふくらむ。ざぶざぶとした水音が空間に反響する。先生がうなじに口をつけて、甘嚙みしてくる。

「ぁ」

骨ばった手で胸をまさぐられる。やさしく、なだめるように。

「洗おうか」

耳もとでささやかれ、きゅ、とコックが締められて熱い雨がやむ。壁のはめ込み棚から彼は石けんをとると、手のなかで泡をつくる。後ろを向いたまま、たっぷりと泡のついた手をなすりつけられる。

生クリームみたいにふんわりしてまっ白な泡が肌をすべり、胸も腹も、首も手も脚も洗われる。手のひらがお尻を撫で上げ、背骨に沿って背中をさする。性的ではない動き方で、まんべんなく全身を洗われる。

やがて手の表情が変わってくる。片手でわたしの胸を押さえて、もう片方の手が前の方へまわってきた。茂みに泡をつけられて、数本の指でくすぐるようにして揉まれる。

「ん」

むずむずっとした感覚が、そこに走る。

「泡、染みてないかな？」案じる声が髪にかかる。

「だいじょうぶ……です」

「そう。じゃあ続けるね」

骨ばった中指があわいから後ろの谷間まで、じっくりとなぞってくる。

「や……そこ……恥ずかしい」

「うん？」

彼は聞いていないふりをして、秘部まわりを入念に洗いはじめる。指先が狭間を何度も行ったり来たりして、指の腹で花弁をほぐしていく。窄まりを軽く掻かれて思わずきゅっと縮めてしまうと、指先がほんの少しだけ、めり込む。背後で彼が微笑する。

「ここも洗わないとね」

「あぁ」

そこをいじられるのは奇妙な感じがした。違和感混じりの情感とでもいえばいいのか、これまでにない変な感覚だった。

湿った肌と肌が吸いつきあって、狭い空間に艶な空気が充満する。背骨のつけ根に熱いものが当たっている。ぬるぬるとして弾力のある、欲望の先端が。

「あぁっ、は……んっ」

隠しどころをいじっている指が、少しずつ埋まってくる。こりこりと内部をくすぐられ、自然と指を締めつけてしまう。

「ああ」

感じ入った吐息が耳たぶにかかる。

「すごく指が気持ちいい。もう一本……入れてもいいかな」

「だ、だめ」

「ごめん、入れるね」

わたしの言うことなどおかまいなしに、太い指がさらに一本、ぐにゅりと侵入してくる。

「はあ」

お腹のなかがくにくにと、かき混ぜられる。へそ側と背中側の壁を交互に押される。刺激に反応してわたし自身もうごめきだす。二本の指にまとわるみたいに吸着して、膝から力が抜けていって、立っているのがつらくなってくる。

「あぁ……んん、っ」

先生は右手で下肢をまさぐりながら、左手で胸を揉みしだいてくる。やや強めに、痛みと快感の中間くらいの強さで。愛撫を受けながらうつむくと、ふくらみが手の間でかたちを変えていくさまが見える。それはとてもひわいな眺めで、わたしを昂ぶらせる。

芯熱の切っ先が背をこする。驚くほど熱くなっている。胸をさぐっていた左手であごを摑まれ、くい、と斜め後ろに引き寄せられる。キスがくる。

「ふ」

二本の指で内部をなぶられながら舌を吸われる。尿意を我慢しているような感覚が、お腹の底に不意に生まれる。気持ちがいいような、それとも苦しいような。次第に頭の奥がぼーっとしてくる。舌をかぷりと噛まれ、とうとう足の踏ん張りがきかなくなる。

「んん――」

とっさに右手で彼の頭を摑む。水を吸ってもごわついている髪の感触にぞくりとする。

蛇口の開く音がして、再び熱い水が降ってくる。全身の泡が洗い落とされて、うっとりするほど快い。このまま眠ってしまいたくなる。だけど身体は発熱したようにほてっている。

「場所を……変えようか」

水を吸ったわたしの髪を手でやさしく絞りながら、彼がささやく。

バスタオルで全身をくるまれて、茶の間の奥の床の間へ運ばれる。灯りはつけずにいた。開け放された雨戸の外から、やわらかな星明かりが射し込んでくる。暗すぎなくて明るすぎない。それがよかった。

先生は押し入れから敷布団だけ引っ張り出して畳に敷く。この家でこういうことをするのは初めてだ。長押にかけられた祖父母の遺影の存在が気にならなくもないけれど……衝動はもう止まらない。布団の上で重なりあってキスをする。

熱い男性器がお腹とお腹に挟まれて、もじもじしている。さっきからずっと張りつめて硬いままだ。

ちゅ、ちゅ……と胸もと、みぞおちへとキスの音が移動する。舌先でへそをつつかれて、くすぐったさに身をくねらすと、

「逃げないで」

彼は笑ってわたしを組み敷く。その腕の力強さにどきどきする。両手で腰を押さえられ、柔毛に頬ずりされる。

小さく息を呑む。ここに顔を接近されるのには、どうも慣れない。恥ずかしい。せめてもの救いは、シャワーを浴びたてで清潔になっていることだった。いや、やっぱりそれでも恥ずかしい。

洗いたての茂みに鼻先をうずめて、彼は深々においを吸い込む。すーっと音を立てられて、羞恥心がいや増す。あたたかく濡れた舌で、あわいをぺろりと舐められる。

「うん」

ひくん、と反応する。愛撫を中断されたまま放っておかれたそこが、再び目覚めだす。

はあ、と熱い息をかけられて、あまりの距離の近さに怖気てしまう。手や性器でふれられるよりも口をつけられる方が、はるかにせつないものがある。

自分でもちゃんと見たことのない部分を、この人に見られている。においを吸われて、舐められている。そう思うと怖くすらなってくる。

「緊張しないでね。ゆっくりやるから」

わたしを安心させるように、先生はささやきかける。薄い唇が中心部に当てられる。肉厚の舌がにゅるっと入ってきて、

「あ」

ぴくりとお尻が浮く。内ももに親指をかけられて、もう少しだけ開かされる。指とも性器ともちがう、独特の感触がする。狭い内壁を舌が這いまわる。生きもののように。

入り口付近の感じやすい箇所を舌先がすべる。つけ根まで入れてしまっても、どうしてもそこまでしか届かない。だから、ここをたっぷり舐められる。

「あ……は……っんん」

腰が落ち着きなく、ひくつく。奥よりもたぶん、ここの方がわたしは弱い。そういうこ

とに気づきつつあった。この人との行為を重ねるうちに、だんだんと自分自身の弱い部分や敏感なところや、好きな位置が分かってきた。それがふしぎでもあった。

どうして先生はこんなにわたしのことが分かるのだろう。わたしよりもわたしのことを知ってるみたいなのだろう、と。

動悸（どうき）が速まって潤いがでてくる。ぬぷ……ぬちゅ……と、いやらしい音が聞こえてくる。存分にそこを味わったのか、ようやく舌が引き抜かれると、秘部全体も舐めてくる。花弁を唇で揉み、尖らせた舌先がひだをくすぐる。遊ぶように、楽しむように。

「あぁ……ふ……ぅ」

下肢がとろけそうになる。シーツをぎゅうと握りしめて甘い刺激に耐える。と、右腕が顔の方へ伸びてきて、頬を撫でられる。左手でその手をとって唇をつけ、親指を口のなかにぱくりと含む。

なぜそんなことをしたのか、自分でも分からない。ただ、無性にこの太い指をしゃぶりたくなった。堅い指の腹に舌を添わせる。少し、しょっぱい。短い爪と皮膚の隙間を舌先でちろちろ舐めると、口のなかの指が、ぴくんと動く。その反応に胸がざわつく。

親指を根もとまで吸って、ゆっくりと唇を前後する。秘部を舐められながら彼の指を舐める。爪も甘皮も舐めて吸って、節を甘噛みする。

そうして自分の身体で一番敏感な一点に、秘芯に舌がふれられる。途端、びくんとおののく。電流を直に通されたような感じがした。

「らめ……っん、ふ」

指を咥えているので、うまく「だめ」と言えない。舌先でくにゅくにゅといじられて、小さな粒はたちまち浮き上がる。疼痛とも痛痒ともつかない感覚がその部分に集中する。ちゅっ、とわざとのように甲高い音を立ててキスされる。

「んっ」

つま先がくっと丸まる。つい指に歯を立ててしまうと、お返しするみたいに極小の粒をきゅうと吸われる。ざらついた舌の表皮でねっとりと舐められ、唇に挟んで揉まれ、吸われる。もう限界というくらいにまで凝らされて、痛いほどずきずきする。刻々とその瞬間がやってくるのが手にとるように分かってきて、

(あ……も、くる……)

察知するのと同時に、ふくらみきった秘核がはじける。

「ん――っ、ん」

下腹がぶるりと波打ち、快感が全身を一瞬のうちに駆け抜ける。舌の上で粒が溶けてしまったような感じがした。

そのまま、横たわったまま少しぼんやりしていると、千秋先生が財布から避妊具を取り出すのが見える。

「……持ち歩いてるんですね」かける声もぼうっとしていた。

「お守り代わりにね」

先生はさらりと言う。

「でも、長いこと入れっぱなしにしといたやつだから。使用期限が切れてないといいんだけどね」

微笑みかけてくる頬骨にうっすらと赤みがさして、男の人のなまめかしさがあらわれる。薄い膜を装着した緋色の芯熱は、しなやかなカーブを描いている。何度も見ているはずなのに、どうしても目が吸い寄せられる。色もかたちもとても……。

「きれい」

頭に浮かんできた言葉をぽろりと口にしてしまう。先生は「ありがとう」と言う。

「まさかこいつが褒められるとは思わなかったな。でも」

すっと目を細めて、やさしい視線を投げかけてくる。

「きみの方がずっときれいだよ」

大きな身体が迫ってきて、静かに押し倒される。脚の間に太い胴が割り込む。ずっしりとした重みが心地いい。胸と胸があわさって、素肌越しに心臓の鼓動が伝わってきそうだった。円い先端で入り口を軽くこすられて、

「う」

喉の奥で呻く。そのまま沈み込んでくる。ゆっくりと音もなく。

熱くて硬い欲望がわたしの空白を埋めていく。ちょっぴりきつい。苦しい。のぼりつめて多少はくつろいでいるはずなのに、先生が大きいのかそれとも自分が狭いのか、やっぱり嵌入時は少し苦しい。

でも、それすらも甘美に感じられてくる。いつしか身体がこの人になじんできていた。お腹の壁をじっくりとこすりながら先生は進んでくる。しみるような苦しさが、だんだんと痺れるような感覚に変わってくる。

「痛く……してない、かな」

「んん」

首を横にふる。彼はこういうときに必ずそう訊いてくる。訊かれるたび、胸がとくんと鳴る。気遣われていると感じる。

「先生は……どう、ですか?」

尋ね返すと、すぐ真上にある顔がくしゃっとなる。精悍な風貌を惜しげもなく崩して笑

う。

「俺は気持ちいいよ。すごく気持ちがいい。ありがとう」

感謝の言葉と共にキスが下りてくる。舌同士で抱きあい、相手の背に腕をまわして脚を巻きつける。一本の縄をあざなうかのように、互いの身体に互いを絡める。

四肢の動きに呼応して、性器もうごめきだす。芯熱の進みにあわせて内壁が撓む。わたし自身が彼自身に吸いついている。自然に無理せずに。いつしか苦しさは完全に消えて、甘やかな痺れが下肢全体に拡散してゆく。

（あ……また……これ）

お腹のずっと奥の方で、何かが込み上げてきそうになる。シャワーを浴びながら指で愛撫されているときも、こうなった。独特の切迫感のようなもの。ある部分を先端の円みでぐっと押されると、その感覚がさらに強まる。

「んん」

「ここ、かな」

濡れた唇を離して、手ごたえありげに彼はつぶやく。

「ここ……って?」

「うん。もうちょっと奥まった方かとも思ったけど」

そう言うと、再びその場所に自らをこすりつける。

「んんっ——」

下腹がしなる。うんと我慢したあとの排尿にも似た感覚を一瞬、覚える。こんな感じは初めてだ。

「やっぱりここか」

汗ばんだ顔に嬉しそうな、そしてちょっぴりいやらしそうな微笑みが浮かんでる。右手でわたしの左手を握りしめてシーツに押さえつけ、先生はその箇所に狙いを定める。

みずみずしい欲望が熱源を攻めたてる。摩擦されるたび、んっと息を呑む。下腹部をきゅっと引き締めて、なかからあふれ出てきそうな何かをこらえる。でも、そうすると収まっている彼自身をいっそう刺激してしまう。もう充分なくらい熱くて硬いのに、ますます漲(みなぎ)ってくる。なんだか怖くなってくる。

「あ……は……あぁ」

意識が朦朧としてきて、泣きそうな声を洩らすと、先生はふっと動作を止める。

「つらい？　ここをこうされるの、もういやかな」

いたわるような声だった。低くて穏やかで、やさしい響き。わたしを責め苛(さいな)みながら、同時になんの矛盾もなく、わたしを心配してくれる。たまらない気持ちになってくる。

「いやじゃない……好き」

この人を見上げて答える。何も考えず、ほとんど無意識に。

「こうされるの……好き……あなたも」

「ありがとう」

涼しげな目もとがほんのりと赤く染まる。大人の男性なのに、男の子みたいな表情だ。結合したまま彼はごろりと横になって、わたしを上にする。敷布団をはみ出して畳に直に背をつけて。

「ちょっと……動かすね」

腰骨に手をかけられて、熱源に先端がぴたりと当てられる。切っ先がめり込んで「あぁ」とかすれ声がこぼれる。

彼はわたしの腰を支えつつ、ちょうどいい位置をさぐってゆく。

「あ……ぅん、ん。あっ、そ……そこ」

胸筋に手のひらをつけて、意識せず自分でもお尻をもぞもぞさせていた。どれくらいの角度や深さがいいのか、彼の動作に添って嵌入具合を微調整する。しばらくそうしてみて、やっと見つける。互いにとって一番いい状態を。

「あぁ」

尿意よりさらに強い衝動が、ぐんとせり上がってくる。お腹の底よりも、もっとずっと深いところから。嵌り込んだまま摩擦される。

「は——っあっ、ぁあ」

頑丈な首にすがりつき、すすり泣きにも似た声をこぼす。何かにしがみついてないと、もう、こらえられない。火傷しそうに熱い欲望がわたしの一番やわらかいところを灼いてとろかす。とろとろと、炙られたチーズのように。

腰を摑んでいた両腕が背後にまわされ、余裕をかなぐり捨てたかのようにぎゅうっと、かき抱かれる。瞬間、熱源にめり込んでいる彼自身が大きくふくらんで、跳ねる。

「はあ」

恍惚が混ざりあう。自分がなくなってしまう。どこまでがわたしで、どこからが彼なのか分からない。区別がつかない。そんなふしぎな感動に、身も心もひたひたと浸される。

生きながらにして死んでるような、夢とも現ともつかないような数刻を分かちあう。

やがて、まどろみから目覚めるみたいに、意識がゆらゆらとこちら側へ戻ってくる。どちらも汗びっしょりだ。烈しかった胸の鼓動が、じょじょになだらかになってゆく。

「重く……ないですか」

気だるい声で問いかけると、

「うん。ちょうどいい重さです」

先生は敬語に戻ってそう答える。湿った手のひらがわたしの背をさすっている。突然、畳の下がぐらぐらっとゆれる。背中を撫でている手に力がこもる。

「地震だ」

「そ……そうですね」

抱きあったままじっとしていると、ゆれは治まった。ふふ、と下にいる先生が笑う。

「俺たちが終わるまで待っててくれたのかな」

「かもしれませんね」

わたしも笑みを返す。彼が収まっているお腹のなかはあたたかく、快い疲れが全身を充たしていた。

家の外では鈴虫や松虫が鳴いている。カエルの鳴き声はもう聞こえてこなかった。

三

『涅槃の果て』の藍川村での撮影は無事に終了した。

なんとわたしは丸三日間、撮影隊の夕飯係を務めることになった。どうやら初日のカレーが好評だったようで制作部から正式に頼まれたのだ。二日目と三日目は集会所のキッチンで、相田さんの手を借りずひとりで料理をした。

自分の晩ごはんも兼ねて連日、撮影隊のみなさんと夕食を囲んだ。ロケ撮影の苦労や、地方のフィルムコミッションとのやりとりなど興味深い話をいろいろと聞いた。撮影中の楽しみは、やっぱり食事なのだという。

「撮影慣れしている地域だと、地元の方たちが炊き出しとかしてくれて嬉しいんですよね。反対に、ものすごい辺鄙（へんぴ）なところだと食料持参でいきます。その場合、作るのは私らみたいな下っ端です」

水野さんが説明してくれる。

「今回はほんとにラッキーでした。なつきさんと出会えて。お料理関係のお仕事でもされてるんですか?」

「ええ。でも今はちょっと……夏休み中といいますか」

そのとき、輪の中央でもりもりとトマトかつ丼をかき込んでいるマスダケンタ監督が、唐突に指摘してくる。

「あなた、地元の人じゃないでしょう」

どきっとする。「分かりますか?」と言うと、

「うん。どことなく都会のにおいがする。この辺の人っぽくない」

監督は怪我をした右足をちらりと見て、

「あの診療所の先生も、なんかよそ者っぽかったよなあ。無駄に迫力あったし」

さすがは映画監督というべきだろうか。鋭いことを言ってくる。

最終日には制作部の主任の方から「少ないですが」と封筒を渡された。中には六万円が入っていた。水野さんからは『涅槃の果て』Tシャツをもらった。

「なつきさーん。東京にくることがあったら遊びましょうね。連絡ください！」

そんなこんなで、八月の終わりと共に撮影隊のバスの一行はキャラバンのように列をなし、村を去っていった。

久しぶりに働いてお金を得た。それがしみじみと嬉しかった。なりゆきながらも賄いをしてみて楽しかった。メニューを考え、作って、それらをおいしそうに食べてもらって喜びを感じた。やっぱりわたしは料理の仕事が好きなんだ、と改めて思った。そう思うということは、たぶん自分は快復しつつあるのだろう。

数日後の夜、そろそろお風呂の準備をしようかとしていたところ、突然、足もとががたがたっとゆらいだ。地震だ。この前のより大きい。

とっさに頭を両手でかばい、その場にしゃがみ込む。居間のキャビネットの上に置いてある携帯電話が畳に落ちる。台所で何かが倒れる音がする。電灯のひもがぶらんぶらんと動く。ゆれは断続的に三十秒ほども続いた。ようやく鎮まってから、

「び……っくり……した」

畳にうずくまったまま、身体が動かない。心臓がどくんどくんと脈打っている。ふと、十年以上前に大きな地震が起きたときのことが頭のなかに蘇る。

あれはとても寒い三月の午後だった。

都心へ出かけた矢先に地震が発生して、電車もバスも止まってしまった。携帯電話もつながらず、東京のまん中でわたしは立ち往生した。自分が今どこにいるのかも分からなかった。自然発生的に人の流れができて、ぞろぞろと道路を歩く集団に加わって、結局一晩歩きとおして帰宅した。生きていてあんなに不安を感じたことはなかった。

どんどん、と玄関の戸が叩かれる音で記憶から引き戻される。戸を開けると、千秋先生が立っている。

「今のゆれ、けっこう大きかったけど、大丈夫?」

「はい……千秋先生は」

「うん、棚からものが落ちたくらいかな。しかし、年寄りなんかが転んだりしていそうだなあ」

念のため、これから診療所を開けるという。

「無事ならいいんだ。邪魔したね。と──さっそくきたか」

彼のジーンズのポケットの携帯電話が鳴る。

「はい、どうしました。ええ。ああ……そうですか」

冷静な顔つきと口調で先生は対応する。

「いや、ならもうこっちに連れてきてください。予約している産院まで車でだいぶかかるでしょう。それにまだ余震があるかもしれないし。ええ、待っています」

電話を切ると、すぐにどこかへかける。

「より子さん、千秋です。今の大丈夫でした？　そう、よかった。あのね、急なんですが……」

手短に通話を終えると「相田さんからです」と言う。さっきの地震で奥さんが破水したらしい、と。すぐにより子さんもくるので、ここで分娩させるという。

「ぶ、分娩って……先生そんなのできるんですかっ？」

わたしの方が、おたおたしてしまう。

「ま、やるしかないでしょ。さいわいより子さんは元産科のナースだったし。俺、犬のお産ならやったことあるんで」

犬と人の赤ん坊を一緒にしちゃっていいのだろうか……。

「あの……わたしも何か、お手伝いできることがありましたら」

た、たとえばお湯を沸かすとか？　タオルを用意するとか？　出産に関する自分の乏しい知識を総動員するけども、

「いや、大丈夫です」

きっぱりとノーサンキューと告げられる。「じゃあ僕、戻るんで。これで」彼はくるりと踵(きびす)を返(かえ)し、診療所の方へいく。

大丈夫ですと言われても、どうしても気になってしまう。縁側でお隣の様子をうかがっていると、ほどなくしてより子さんの車が、少し遅れて相田さんの車が到着する。

畳に落っこちたままの携帯電話が鳴る。先生からだった。すまないがやっぱりお願いしたいことがある、と言われる。

「分かりました。すぐいきます」

診療所の待合室には相田さんとのりちゃんがいた。相田さんは、わたしがもらったのと同じ『涅槃の果て』Tシャツを着ていて、のりちゃんは花柄の甚平(じんべい)姿だった。地震で本棚の中身が落ちたようで、床には絵本やら児童書やらが散乱している。

廊下の奥の診察室から、かっぽう着をつけたより子さんがあらわれる。

「ああ、ごめんなさいね。呼んじゃって」

いつもの明るい口調でわたしに呼びかける。これから分娩に入るので、申し訳ないけどうちのチビを今晩預かってもらえないかと頼まれる。

「何時間かかるかも分からないし、この子ひとりうちに置いてくるわけにもいかなくて、とりあえず連れてきちゃったの」

そういうことなら、と引き受ける。

「のり助、今夜はなつきちゃんちでお泊まりよ。あんた普段ならもう寝てる時間なんだから、お布団敷いてもらったら、すぐに寝るのよ」

「うん、分かった！」

祖母の指示に、のりちゃんは元気よくうなずく。

「あのう、うちの奥さんは……」

相田さんがより子さんに尋ねると、もう子宮口がだいぶん開いてきているという。

「経産婦だしね。朝までには産まれると思うけど。あなた、どうする？　ここで待ってる？　立ち会う？　それともいったん家へ帰って……」

「も、もちろん立ち会います！　上の子は親がみててくれてるんで」

「じゃあ消毒するからこっちきて。あ、爪が伸びてる。まず切んないとね」

相田さんの腕をむんずと摑んで診察室へ引っ張っていく。いかにもベテランナースという頼もしさだった。わたしは床に散らばっている本を棚に戻すと、のりちゃんを連れてうちへ戻る。

「なつきちゃんちにお泊まりだ。嬉しいなあ。ねえねえ、トランプある？　ババ抜きしようよ」

「より子さんから早く寝なさい、って言われたでしょう」

「でも、明日は土曜日でお休みだから、ちょっとだけ遅くまで起きてていい？　なつきちゃんは金曜の夜、どんなテレビみてる？」

さっきはあんなに〝いい子〟の返事をしたというのに、夜ふかしする気まんまんのようだ。テレビをつけて地震情報を確認する。ゆれたのは、ここ山縣県をはじめとする北陸地方だけのようだ。津波の心配もない。

妹から『おねい、だいじょうぶーっ⁉』とメールがきていたので、返信を打つ。茶の間の襖(ふすま)を開け放して床の間に二人分の布団を敷き、バラエティ番組を観ながら寝転がってトランプをする。

「赤ちゃん、ちゃんと産まれるかなあ」

のりちゃんが手持ちのカードを見つめて、つぶやく。

「明日の朝には元気に産まれてるよ。より子さんと千秋先生がついてるし、大丈夫だよ」

わたしは言う。

「のり、赤ちゃん抱っこしたい。相田さん、抱っこさせてくれるかなあ」

「くれるよ、きっと」

「女の子かなあ。女の子だったらいいなあ。男子はやだ。生意気だもん」

そんなことを話すうちに、いつしかすうすうと寝息を立てている。小さな頭にそば殻枕をあてがって夏布団をかける。縁側の雨戸を開けると、診療所の明かりが煌々(こうこう)とついている。

すぐそばで新しい命が誕生しようとしている。とてもふしぎな感じがする。

ふしぎといえば自分自身の、ここ最近の心境もそうだ。ほんの二ヶ月前までは落ち込みきっていたというのに、不安定な状況はなんら変わっていないのに、前よりもどこかゆったりとかまえている。

藍川村(こ こ)へ来る前は、近所づきあいなどは煩わしいので、あまり人と関わらないようにしようと決めていた。なのに、気づいたら知り合いがたくさんできている。毎日誰かしらと会って、声をかけたり、かけられたり。そんなやりとりを面倒くさいと感じていない自分

が意外だった。その一方で、

「ところでいつまでそうしているの？」

そう問いかける声が、頭のなかから聞こえてくる。自分の心の声だ。

もう九月に入った。夏が終わって秋がはじまった。のりちゃんの小学校も夏休みが終わって二学期がはじまった。わたしもそろそろはじめなくては。でもなにを？

そんなことを考えながら子どもに添い寝しているうち、いつの間にか眠っていた。なあーん、なあーんと、猫の鳴き声のような音で目を覚ます。

「んん……」

壁時計を見ると午前五時になろうとしていた。産まれたんだ。のりちゃんを起こさないよう注意して起き上がり、そろりそろりと家を出る。

遠くの山際にレモン色の朝もやがかかっていた。この世のものとは思えないほどきれいな光景で、打たれたようにしばらく見入る。

診療所の扉を開けて「ごめんくださーい」と声をかける。返答はない。待合室へ入ると、数時間前と同じ状態だった。テーブルやマガジンラックの位置が、地震のゆれでずれたままになっている。

「ああ、来てたんだ。赤ちゃんねえ、産まれたわよ。男の子」

かっぽう着に血の染みをつけたより子さんがやってくる。

「パパにへその緒をチョキンさせてあげたのよ。普通は父親に、なかなかそこまでさせないんだけどね。文字どおり出血大サービスね」

ふふん、とより子さんは笑う。大仕事を終えたせいか、ややテンションが高い。母子共に健康状態に問題なく、入院予定だった産院からの迎えの車が今、こちらへ向かっているそうだ。

「そうですか」

ほっとする。のりちゃんは家で寝ていると知らせると、「ありがとう」と深く頭を下げられる。

「ほんとうに助かりました。あの子ね、あなたのことが大好きなのよ。よその人にこんなになつくなんて、ここの先生くらいだったのに」

「わたしものりちゃん、大好きです。妹の小さい頃を思い出します」

「あらま。さてはずいぶんと手のかかる妹さんをお持ちのようで」

待合室の給湯セットで濃いめのインスタントコーヒーを淹れる。より子さんはずずっとすすって、

「ああ、おいしい。産科時代を思い出すわあ。やっぱり分娩明けによくコーヒーを飲んで

たのよね。病院の自販機のまずい薄味の」

「僕もコーヒー、もらっていいですかね」

そこへ千秋先生があらわれる。同じく血の染みのついたスクラブ姿だ。

「お疲れさまです」

熱いコーヒーを注いだ紙コップを手渡すと、彼もまた、ずずっとすする。

「やっぱり犬と人の出産はちがいますね」

「あらあセンセ、お産のなかでは軽い方でしたよ。まあ、初めてにしては上出来、上出来」

「……それはどうも」

ハイ気味のより子さんとは対照的に、ぐったりとした様子だ。相田さん親子は入院室に移して休ませているという。より子さんはコーヒーを飲み終えると、紙コップをゴミ箱に放る。

「あたしもちょっとチビの顔、見てきていいかな。おへそ出して寝てないといいんだけど」

「どうぞ」と答える。玄関の鍵はかけてきていないので、どうぞ上がっちゃってください、と。

「茶の間の奥の部屋に寝かせていますので」

「ありがとう。センセ、すぐ戻りますから」

「どうぞごゆっくり」

より子さんがいってしまうと、急にしんとなる。立ったままコーヒーを飲んでいた先生が、ソファに座るわたしの隣に腰を下ろす。たぶん、より子さんがいる間はそうするまいとしてたのだろう。

「赤ちゃん、男の子だそうですね」

「うん。立派なのがね、ついてたよ」

横顔を見ると、眼鏡のフレームの下に隈ができていた。

「まあ、無事に産まれてよかった」

「そうですね」

「しかし今回はなんとかなったけど、こんなことが何度も起こらないよう、やっぱり病院が必要だなあ。俺ひとりだとさすがに限界があるし、こんな状態でこの先何十年も続けていくのもなあ」

わたしに向けているとも、ひとり言ともつかない口調でそう語る。そういえば相田さんもいつだったか病院がないことがこの村のネックだと話していた。ライフラインの不充分なところには移住希望者も寄りつかない、と。

「この先……何十年も」

ぽそりと言うと、

「そうだね。三十年、四十年後にここがどうなっているのか、想像もつかないよ。今でさえ限界集落の一歩手前だし」

まあ、自分は診療所（ここ）にい続けているだろうけど、と先生はつけ加える。

「足腰が立つ限りは、七十になっても八十になっても俺はここにいるんだろうな。どうも最近、そういうことを考えるようになってきてね」

三十年後、四十年後の千秋先生を想像する。短い髪はかなり白くなっていて、顔にはしわが刻まれているだろう。だけどがっしりとした体形は変わっていない気がする。やっぱり今と同じようにスクラブばかり着てるんだろうか。それともその頃には、白衣を着るようになっているのかもしれない。

（おじいさんになった先生……どんなだろう）

この人が年をとっていくのを見たい。近くで見ていたい――。

そんなことを思っている自分に、はっとする。もしやわたしはこの人のことを、本気で好きになってしまったのだろうか、と。その人の老いた姿を見たいだなんて。ずっと近くにいたいだなんて。つまり……そういうことなのではないか……。

と、先生が顔をすっと寄せてきて、ものも言わずにキスしてくる。インスタントコーヒーの苦みが唇に残る。外の方で車の停まる音がして、

「迎えの車がきたかな」

彼はソファから立ち上がると、入り口の方へ向かう。

相田さん親子の搬送を終えると、より子さんと眠るのりちゃんも車で帰っていく。先生もこれから寝るというので、わたしも自宅へ戻る。

居間のちゃぶ台に置きっぱなしにしていた携帯電話がメールを受信していた。映画会社のスタッフの水野さんからだった。先日の賄いのお礼と、無事に映画がクランプアップしたことなどが書かれている。

ふんふんと読んでいって「えっ」と、すっとんきょうな声を出してしまう。

『ところでご提案なのですが、なつきさん、弊社のケータリングスタッフになる気なんて、ありませんか？』

メールの末尾にはそんな文言が記されていた。

第四章　この村で愛する人と、ずっと

一

「う〜〜ん」

千秋先生が困ったように唸(うな)っている。母屋のリビングルーム(和室だけれど)のローテーブルの上にあるA4の紙を見つめ、腕を組んで熟考している。

「……'The Naming of Cats is a difficult matter,'」

カタカナ英語の発音で急につぶやいたものだから、ツッコミを入れるべきだろうかと迷っていると、

「T・S・エリオット曰く〝猫に名前をつけるのは難しい事柄です〟だそうです」

彼は自ら説明をはじめる。

「いわんや人の名前をや」

「なるほど」

夕食後のお茶を淹れて、わたしは相づちをうつ。用紙には几帳面な筆跡でさまざまな名前が書かれてある。

穂高(ほだか)、明人(あきひと)、豊(ゆたか)、実(みのる)、穣(みのる)、稔(みのる)、美能留(みのる)……。どうやら「みのる」という名前に気持ちは

傾いているらしい。

「あと九日以内に決めないと……いかん、美能留なんて若干きらきらネームっぽいぞ。しっかりしろ、俺」

美能留にバツ印をつけて湯呑茶碗に口をつける。

相田さん夫妻の第二子を取り上げたのは、五日前のこと。先生は子どもの名づけ親になってほしいと頼まれていた。産後の経過は良好で、今日、隣町の産院から退院してきたそうだ。

「名前をつけるときは、おじいちゃんおばあちゃんになっても違和感のない名前がいいとよく聞きますけど」

そう助言をすると、「なるほど」と先生はうなずく。わたしをじっと見て、

「なつきおばあちゃん……うん、かわいいね。違和感がない」

と言う。

「孫たちに慕われている感じがする。情景が目に浮かぶ」

返答に困ってしまい、こう言い返す。

「しゅ……秀おじいちゃんはどうですか」

「偏屈そうな響きがあるね。昭和っぽいというか」

先生は笑う。

「夏に生まれたから〝なつき〟になったの?」と問われて、そうだと答えると、

「そういうのもいいね。ストレートで」

先々月の七月がわたしの誕生月であることを、彼は憶えていた。

「千秋先生の〝秀〟はどなたがつけたんですか」

尋ねると、父方の祖父の名前なのだという。

「俺が生まれたときには、もう亡くなっていたんだけどね。親父を偲んでつけたって、たしか親父が言ってたな」

「先生のお父さんって、やっぱりお医者さまなんですか」

「いや、親父はエンジニアでね。一、二年ぐらいのスパンで日本各地の支社をまわって技術指導をしてたんだ。いわゆる転勤族です」

引退した現在は、赴任地のなかで最も気に入った九州地方で暮らしているとのことだ。

先生は子どもの頃から引っ越し続きで、ようやく落ち着いたのは医科大学に入学して、寮生活をはじめてからだそうだった。

「だからかな。どうも俺にはふるさとの感覚っていうのがないんだ。どこにいってもわりと順応できたし、けっこうなじんだ土地を離れるときも、べつにさびしくなかった。こん

なものかというか、どこに住んでも同じというか」

縁側の、網戸の外の庭の畑に彼は目を向ける。カボチャを収穫し尽くして、次は葉ねぎの苗を植える予定だった。

「考えてみたら、ここが一番長く住んでるな。記録更新だ」

先生が自分の背景を語るのは珍しい。わたしの誕生日に面接先から不採用のメールがきて、落ち込むわたしに自分もかつて同じような経験をした……と話してくれたとき以来だ。三十歳で大学病院を辞めて、この村へやってきた、と。

この人の歴史をまた少し知ることができて、嬉しいと感じている自分がいる。

「まあ、ネーミングの続きは明日の新幹線で考えるか」

彼は眼鏡を外して、両目のくぼみを指で揉む。

「何時の出発でしたっけ」

「うん。朝の八時頃かな。医師会から代理の人がきてくれるんで、ざっと引き継ぎをして、それから出ます」

明日の金曜日から三日間、千秋先生は診療所を留守にする。東京で開催される学会に出席するという。

「これから荷づくりしないとなあ。昼間ばたばたしていて、まだやっていないんだ」

「手伝いましょうか」とわたしが言うと、

「や、さすがに替えのパンツはまだ見せられないかな」

〝まだ〟という言葉に、ひそかにどきっとさせられる。

「ゆ、湯呑、下げちゃいますね」

空になった茶器を台所へもっていくと、足がなにかにぶつかった。いつぞやの――夏祭りの日に大活躍してくれた――ミキサーだった。床に無造作に置かれてある。

「これ使わないんですか。もったいない。野菜ジュースとかも作れますよ」

「ああ……うん。そうだね」

先生は網戸を開けて縁側に立ち、煙草を吸っていた。とんとん、と灰を地面に落とす。

「よかったらもってく？　俺ジュースとか飲まないし、たぶんそれ、もう使わないと思うから」

「あ、いえべつに、そういうつもりで言ったんじゃ……」

「うん。まあ、どっちでも」

なんとなく間が空く。明日の準備などいろいろとあると思うので、そろそろ帰ることにする。

「そう。じゃあ次に会うのは週明けかな。お土産は何がいいですか」

「旅行じゃないんですから」

玄関で靴を履きながら笑って顔を上げると、自然な流れでキスが下りてくる。普段の挨拶キスよりも、もうちょっとだけ長めに。

「まあ、何かよさそうなのを見つけてきます」

「期待しています」

ばいばい、と手を振って母屋の外へ出ると、ふう、とため息をついてしまう。わたしも明後日（あさって）の用意をしなければならなかった。

翌朝は、起きたらもう九時近くだった。

先生は出かけてしまったろうか……と縁側から隣を眺めると、診療所の車寄せには見慣れない、ぴかぴかの車が停まっていた。午後になると、学校帰りののりちゃんがランドセルを背負って遊びにやってきた。

「ねえねえ、秀ちゃん先生いないの、なつきちゃん知ってる？」

「そうみたいね」

残っている白玉粉を使いきるため、今シーズン最後の白玉だんごをおやつに作る。のりちゃんが言うには、さっき診療所へいったら知らない男の先生がいたそうだ。昨日の夜、先生が言ってた代理のお医者さまなのだろう。

「どんな人だった？」と問うと、

「うんとね、お医者さんっぽい人。ちゃんと白衣着てた」

口をむぐむぐさせて、のりちゃんはそう語る。

「秀ちゃん先生、早く帰ってこないかなあ。お土産買ってきてくれるかなあ」

「くれるよ、きっと」

「相田さんちの赤ちゃんの名前、のりも一緒に考えてあげるんだ。ほら、もうこんなにあるの」

ランドセルから自由帳を出し、そこに書いてある名前候補をわたしに見せる。〝せいや、るきあ、らいむ……〟等々、いずれも煌めいている。美能留なんて目じゃない。

「あのね、のりちゃん、実はわたしも明日、る——」

「ん？」

「う、ううん。なんでもない」

留守にするのと言いかけて、やっぱりやめる。だって、先生にすら言わなかったのだ。

「ねえ、なつきちゃんも赤ちゃんの名前、考えようよ」

「そうね」

だいや、あとむ……と、きらきらぴかぴかする名前を、共にいくつか考える。

翌日の土曜日は電車の時刻にあわせて早起きをした。

久々にきちんとメイクをして、それなりにお洒落な恰好をする。水色のTブラウスに同系色のスカート。そこへ黒の薄手のジャケットをあわせ、スニーカーではなくパンプスを履く。

出かける準備ができる頃、昨日のうちに予約しておいたタクシーがやってくる。まだ七時前だった。さわやかな朝の空気には、早くも秋の気配がただよっている。かすかな冷気が頬にあたる。

「いってきます」

玄関の戸に鍵をかけ、タクシーに乗り込む。

隣町の駅から在来線に乗車する。早朝というのもあってか車内は空いている。ボックス席の窓側に腰を下ろし、自販機で買った缶コーヒーを飲んでふう、とひと息つく。

がたんがたん、がたんがたんとリズミカルな振動が身体に伝わってくる。窓の外に目をやると、田んぼの稲が色づきはじめている。少し前までは鮮やかな緑色だったのが、今は美しい黄緑色だ。収穫の時期も近いだろう。

横に置いたバッグから携帯電話を出して今日の予定を確認する。新幹線の乗り継ぎ時刻と東京への到着時間、美容院へ寄ってから面談予定のホテルへ向かう。大丈夫、地図アプリで場所はちゃんと調べてきたし、時間にも余裕をもって出てきた。

水野さんとはあれから数度やりとりをして、制作部の上司の方と、一度お会いすることになった。電話やリモートでもよかったのだけど、対面で話す方が互いにやりやすいだろうという流れで（交通費も先方が出してくれるとのことだったので）。

そういうわけでわたしは今、東京へ向かっている。のりちゃんにもより子さんにも、千秋先生にも告げずに。そのことに若干の後ろめたさを感じていた。

（ま、まあ……ちょっと会ってくるだけだし……それに向こうから〝やっぱりいいです〟って言われるかもしれないし……そうなったら恥ずかしいし）

内緒にしている理由のひとつに、面談日が千秋先生の不在中というのもあった。

だったらべつに黙っていてもバレないというか、「ちょうど先生がいない間、わたしも東京へいくんです」なんて余計なことを言わなくともいいんじゃないかというか……。

（だってもし言ったら、なんで東京へいくのかも説明しなければならないわけで……そうなったら、映画会社のスタッフになるかもしれないということも言わなければならないわけで……）

それを千秋先生にどうにも言いづらかった。我ながら腰が据わってないとは思う。あと、もし打ち明けて、あっさりと「仕事が見つかってよかったね」的な反応がきたらどうしようという恐れもあった。

（あの人……けっこう何を考えているのか読めないところがあるし……）

ともあれ、まずは面談をしてから考えることにしよう。

景色が次第に田畑から、住宅や商店の並ぶ町へ、そして都市へと変わっていく。新幹線に乗り換えてさらに数時間移動して、午後には東京駅へ着く。

（うわあ、すごい人）

ホームのエレベーターを降りるなり、構内の広さと行き交う人の多さに圧倒される。飲食店や土産もの店がひしめくフロアではそこかしこで行列ができていて、最後尾はこちらですと叫ぶ声が耳に刺さる。どの人も早足で、かつかつと歩いている。正面からくる男性にぶつかりそうになって避けると、べつの男性にぶつかってしまう。

「すみません」

謝ると、じろりと一瞥(いちべつ)された。なんだかわたし、歩くテンポが遅くなってない？　いやいや、きっとパンプスのせいだ。

地下鉄に乗り、予約しておいたヘアサロンへ向かう。ここ数年ずっと通っていた店で、担当のスタイリストさんとも顔なじみだ。

「お久しぶりです。けっこう髪の毛、焼けてますね。強い日射しとか浴びました?」

「そうですか?」

鏡越しに問い返すと、彼女はわたしの髪を持ち上げたまま、こうも言う。

「でも表情が明るくなりましたね。いい感じですよ」

カットだけのつもりだったけど、勧められるままヘアパックもしてもらう。サロンを出ると、携帯で位置情報を確認しながら道を進む。目的地のホテルは、ここから徒歩十五分ほどだ。電車を使ってもよかったけど、朝からずっと座りっぱなしだったので少し歩きたかった。

週末の昼下がりの大通りはにぎやかだ。あちこちにコンビニがあり、車の走る音が絶えず聞こえる。建物の工事音に通行人の会話、笑い声。空気にはどこか濁ったようなにおいがある。

この街の音、この街のにおいを、歩きながら思い出す。そう、東京ってこういうところだったのだ、と。

約束時刻の五分前にホテルのロビーの、指定されたカフェスペースに到着する。

周囲に目をやると、場所柄からか身なりのよさそうなお客さんばかりだ。アフタヌーンティーや昼酒を優雅に楽しんでいる。そこへ今日の面談相手があらわれる。

「お待たせしまして申し訳ありません」

わたしは立ち上がって挨拶をする。

「先日はどうもお世話になりました」

「いえいえ、わざわざこちらまで足を運んでくださって、ほんとうに恐縮です」

水野さんの上司で、藍川村での撮影の最終日にわたしに六万円を渡した方だ。貝沼さんという。『涅槃の果て』は無事にクランクアップして、来年のお正月映画として全国公開されるそうだ。

「マスダ監督の新境地ですよ。すこぶるいい内容なんです！　海外の映画祭にも出品する予定です」

と、ひとしきり映画について熱弁をふるってから「ところで今日お呼びした件なのですが」と本題に入る。

「うちの水野から、メールでざっとご説明させていただいてたと思うのですが……」

「はい。うかがいました」

うなずくわたしに、貝沼さんは改めて説明をする。

これまで弊社ではロケ撮影などの際、現地の弁当屋やケータリング業者に食事の手配をしてきた。だけど店によって品質に差があったり、先日のように突発的なアクシデントが起こることもある。

「なにより専門のケータリング業者って、ぶっちゃけたことを申しますが、けっこう高くつくんです。それがけっこう痛くって。とはいえメシはスタッフ全員の楽しみですからね。ちゃんとしたものを出しませんと」

「大変ですね」とうなずくと、

「実はこの前、蒲生さんにもっと謝礼をお出しすればよかったなあ、とずっと思っていたんです。三十人分を三日間で六万円って、一食あたり六百六十六円は安すぎだろう、と」

貝沼さんは申し訳なさそうに笑って頭をかく。

「それで水野から聞いたんですが、蒲生さんは少し前まで東京で、カフェの店長をされていたとか」

「え、ええ。今はちょっと休養しておりまして」

「じゃあ、いずれは東京へ戻るおつもりで」

少し間をとり「そうですね」と答える。「一応……そのつもりでおります」と。

「なるほど」

貝沼さんは納得したようにうなずいて、こんな提案をしてくる。弊社の契約スタッフになりませんか、と。業務内容は週に最低三日はランチ、あるいは夕食のケータリングだと。

「材料費などはべつにして、日給二万円を保証します。地方ロケに同行してくださる際は別途手当てをつけます」

映画の他にテレビやネット配信番組なども手がけているので、できればそちらの現場もお願いしたいという。

「うちは副業もＯＫなので、なんでしたら他の仕事をしながらでもかまいません。どうでしょう。もし蒲生さんにその気がありましたら」

嘘みたいな申し出だった。

頭のなかで素早く電卓を叩く。日給二万円で、一週間で最低三日。ということは週給六万円で、月給二十四万円。これが週四日なら三十二万円、五日なら四十万円だ。さすがに週五はないとしても、最低ラインが二十四万なら悪くない。店とちがって営業成績を気にしなくていいというのも魅力的だ。

計算をしながら黙っているわたしに、貝沼さんはつけ加える。

「あ、もちろん社会保険に厚生年金もありますので」

「あの、でもわたし、店長をしていたといっても、特別優れた料理人というわけではないと自分でも分かっています。それでも、その……よろしいんでしょうか」

おずおずとそう言うと、最高の褒め言葉が返ってくる。

「いやあ、すごく好評でしたよ。蒲生さんの賄いメシ。高い仕出し屋の弁当なんかより、ずっとうまい、って」

受けよう、と決めた。この申し出を受けよう。こちらの会社のスタッフになって、なんなら週明けの月曜日からどうぞよろしくお願いしまーす、と腰を浮かせて言おうとしたそのとき——ピロロロロロッと電子音が鳴り響いた。

「すみません。ちょっと失礼します」

貝沼さんが懐から携帯電話を取り出して中座する。

「は、はい。どうぞどうぞ」

浮かせかけたお尻をソファに戻して、手で胸を押さえる。

なに？　なに？　今わたし……頭のなかで千秋先生のこと……さくっと切り捨てていた。好条件の仕事を提示されて「はい喜んで！」と即答しそうになった。電車のなかではあんなに悩んでいたくせに、いざとなったらこうなるなんて……なんて現金なんだろう。

（す、すみません……先生）

心のうちで謝罪する。

貝沼さんが戻ってきた。そろそろ次の打ち合わせがあるとのことで、伝票を掴む。

「どうぞよろしくご検討ください」

かくして面談は終了した。時間にすると三十分にも満たなかったけど、どっと疲れた。身体よりも精神的に、特に後半が。

面談が終わるのを待っていたかのようなタイミングで、携帯にメールが届く。妹からだ。『おねい、何時頃うちに帰ってくるの？　お母さんが夜ごはんどうする、って。外で食べてくるの？』

そろそろ夕方だ。今日は実家で一泊するつもりだった。なので、家族には予め連絡を入れておいた。『今から向かいます。夕飯、わたしの分もお願いします！』と返信する。

ロビーは急にざわついてきた。上階でイベントでもあったらしく、紙袋を手にしたスーツ姿の人たちがエレベーターからあふれてくる。人混みを避けて正面エントランスへ向かいかけると、

「あれ」

聞き憶えのある低い声が、耳にふれる。え？　とフリーズする。いや、まさかと思いながら声のした方へゆっくりと顔を向けて――絶句する。

彼がいた。ネイビーブルーのダブルスーツにカーキ色のレジメンタルタイ。前髪をきれいに撫でつけて、診療所での姿とはかなり異なる装いをして目の前に立っている。

（なっ、な、なんでここに……千秋先生が……っ）

水面に顔を出した金魚みたいに、口をぱくぱくさせる。先生もまた大きな紙袋を手から提げている。横面には〝日本臨床内科研究会〟と書かれてある。

「あ、あの……それ」

紙袋を指さすと、「うん」と先生はうなずく。

「このホテルが会場なんだ。学会の。言ってなかったっけ？」

聞いてないですよ！　と脳内で食いぎみに返す。もし聞いていたら貝沼さんにべつの場所で会うのをお願いしてましたよ、と。

そこで胸が、ちくりと痛む。ついさっき自分はなんのためらいもなく、この人よりも仕事を選ぼうとした。猛烈に後ろめたくなってくる。そんなわたしを先生はまじまじと見つめる。なにか勘づかれたのだろうか……とはらはらすると、

「ひょっとして髪、切った？」

拍子抜けすることを言われてしまう。

「は、はい」

「そうか。それでどこか、いつもとちがって見えたのか。いい感じですね。秋っぽい」

それからずばりと訊いてくる。

「ところで、蒲生さんはどうしてここに？」

「あ、あの……さっきまでここで、人と会っていまして」

少し離れたカフェスペースを視線で示す。

「だ、大学時代の友人なんです。久しぶりに会おうっていうことになって、その連絡が急にきて、それで朝いちの新幹線に乗ってきまして」

ぺらぺらと口から出まかせが出てきて驚く。冷たい汗が背中をたらたらと流れる。

「そう。楽しかった？」

「は、はい」

ぎこちなくも笑みを浮かべると、先生はそれ以上は押してはこない。腕時計をちらりと見て、「もう五時過ぎか」とつぶやく。

「まだ時間はありますか？」

「え」

「よかったら一杯やりませんか」と誘われる。

エレベーターで上階のバーレストランへと移動する。天井が高く広い空間で、大きな窓ガラスから夕方のやわらかな光が射し込んでいる。音を絞った音楽が流れていて、テーブル席の他にバーカウンターもある。

ウエーターに窓際の席へ案内され、どちらもビールを注文する。それとオリーブの盛り合わせと燻製チーズも。

「とりあえずこんな感じで。腹が空いてきたら、また何か頼みましょう」

先生はそつなくオーダーをする。その様子は新鮮だった。スーツ姿と相まって知らない男の人のようだ。わたしの知ってる先生はいつも紺色のスクラブを着て、忙しく、飾りけなく立ち働いている印象が強い。でも、こうして高層ホテルのラウンジにも違和感なく溶け込んでいる。

ふと思う。この人は田舎にいても都会にいても、どこにいっても順応できる人なのかもしれない。

「診療所の方は、変わりありませんでしたか?」

敬語で尋ねてくる先生に、「そう思います」と答える。代理のお医者さまにわたしは会ってこなかったけど。

「まあ、より子さんもいますしね。問題ないとは思うけど、留守にしているとどうも気になって」

「学会はどうですか?」

こちらからも質問をすると、

「うん、おもしろいですよ。今回僕は発表しないで聴きにきてるだけなんで、気楽ですしね」

昨日からここのホテルに泊まっていて、明日学会が終わり次第、夕方の新幹線に飛び乗って帰るとのことだ。

「慌ただしいですね」

「そうですね。実は昨日も今日もホテルから一歩も出てないんですよ。いったん外に出たら迷子になりそうで。なんせ来るたびに東京は変わってますから」

「分かります」とわたしはうなずく。

「わたしも道を歩いていて、人にぶつかりそうになりました」

「ああ、気をつけて」

心ひそかに抱いていた緊張感が、少しずつほどけていく。冷たいビールはおいしくて、夜になりかけている街の景色はきれいだった。カエルや虫の鳴き声ではなくクラシックを聴きながら、網戸越しの夜風ではなくエアコンの微風(びふう)を感じながら、一緒にお酒を呑んでいる。ふしぎな気分になってくる。思いがけないデートをしているような感じだ。

一杯のつもりが二杯目になり、ここで食事もしてしまおうという流れになる。ローストポークサンドウィッチとコブサラダを追加する。実家に連絡をしなければ……と思いながらも、ついつい話が弾んで携帯を取り出せない。

会話の切れ目に先生が「このあとはどうしますか」と言ってくる。え？　と小首をかしげると、

「きますか？　僕の泊まってる部屋に」

次は何を呑みますか、という調子でさらりと言ってくるものだから、心臓に悪い。

「で、でも……お邪魔では」

そして声を上ずらせるな、わたし！

「いや全然」と彼は答える。一緒に泊まって、明日あなたは好きな時間に帰ってもいいし、こちらの学会が終わる頃に合流してもいいんじゃないかな、と言ってくる。

たいそう魅力的な提案だった。

「そ、そうですね……ええと、どうしようかな」

うつむいて、もじもじしてしまう。向かい側の先生は悠然とした笑みを浮かべて、わたしの返事を待っている。照れくさくなってくる。これではほんとうにデートしているみたいだ。身に着けている下着を頭のなかで思い返し、見せても大丈夫なものだと判断する。

「それでは、お言葉に甘えま――」

そう言いかけようとしたところへ、陽気な声が割り込んでくる。

「なんだよ千秋～。ここにいたのかよ～、探しちゃったよ～」

見知らぬ男性がやってきた。よっ、というふうに上げた左腕の手首に銀色のロレックスが光っている。やや甘めの、ややたれ目の、ハンサムといえなくもない童顔。しゃれたツーブロックの髪型、ベージュのスーツにブルーのストライプシャツ。先端の尖ったビジネスシューズを履いている。

その人はわたしに目をやり、にぃと笑う。

「なんだよ千秋～。学会場所でナンパなんかしてんじゃないよ～」

「ちがうよ」

千秋先生はぴしゃりと答える。

「この人は俺の知り合い。たまたま東京にいらしていて、ここで偶然会って呑んでただけだよ。蒲生さん、こちらは三階堂(さんかいどう)です。開業医の息子のボンボンです」

「なんだよ千秋その雑な紹介はよ～。でもそのとおりです。蒲生さん初めまして。こいつの大学時代の同期です。ちなみに内科へいかれる際は、看板に『内科医』じゃなくて『総合内科医』って書かれてるところをおススメします。これ豆知識ね。ちなみに僕もです」

三階堂さんはカードケースを取り出して、名刺を渡してくる。都内にある総合内科「三階堂クリニック」副院長と記されている。

「お身体に不調があったら、気軽にご連絡ください。若先生の紹介で、って言ってくださったらすぐに予約を入れますから」

三階堂さんは千秋先生の隣の椅子にどっかと腰を下ろし、「あ、僕にもビールください」とウエーターに声をかける。陽気な笑みを浮かべて、

「ええっと、じゃあ蒲生さんはこいつと同じ村に住んでらっしゃるんですか？　あのど田舎の？　あのなんもない？　コンビニまだないですかね」

「あ……は、はい。ないですね」

「三階堂、それ普通に失礼だから。あと、なんでちゃっかり同席してるんだ」

「つれないこと言うなよ千秋～。学会の参加者名簿におまえの名前があるの見つけて、捜したんだぜ俺～。昨日もメール送ったのにスルーだしよお～」

「ああ、ＰＣはど田舎の、なんもない家に置いてきたから。俺、ガラケーなんで出先ではメールチェックもできんし。悪いね」

「いい加減にスマホ買えよ～。じじいか。おまえは昭和のじじいか」

彼らはテンポのいい軽口をぽんぽん投げあう。千秋先生は口調も表情も、わたしといるときよりもややくだけている。学生時代もこんなふうに、三階堂さんとわいわいやってい

たのだろうか。

ビールが運ばれてきて、三階堂さんの音頭で乾杯をする。

「では改めまして、はじめまして蒲生さん。千秋もおげんこ～」

グラスを鳴らしあい、千秋先生は視線でわたしに〝ごめんね〟と言ってくる。わたしも視線で〝大丈夫です〟と返答する。三階堂さんはスタウトをごくごく呑むと、「それで、蒲生さんのご職業は」と質問してくる。

「飲食関係です」と答えると、「あの村で？」と訊かれる。

「あ、いえ、東京の方でです」

「そうですよね。あの村、外食できるとこなんて全然ないですよね。俺も一回遊びにいったことあったけど、まいりましたわ。朝昼晩とこいつの手料理で」

「そうだったね。畑のねぎも抜いてもらったね」と千秋先生。

「ねぎばっかり食わせられたよな。お焼きとかお焼きとか、お焼きとか」

「今はもうちょっとレシピ増えてるよ」

ふはは、と三階堂さんは早くも目もとをうっすらと赤くさせる。指をひい、ふう、みいと折り曲げて、

「あっちにいってもう何年になる？　十年くらいか」

「そうだな」

「けっこう稼いだろう」

三階堂さんは、ややマンスプレイニングな表情をして「蒲生さん、ご存じですか」と、わたしに説明する。

「田舎の診療所の医師の年収って、案外高いんですよ。ほら、地方になればなるほど医者不足だから。だから僻地の病院で何年かお勤めして、開業資金を貯める人も多いんです」

「そうなんですか」

少し意外だった。千秋先生は質素な暮らしぶりだから、失礼ながらそれほど高収入ではないのだろうと思っていた。

「いや俺もさ、てっきりおまえは開業資金をつくるためにあんな辺鄙なとこにいったのかと思ってたんだけど……もしかして、ずっといる気なの？」

「俺の話はいいよ」

先生はサラダのレタスを指でつまんで食べる。わたしのグラスが空になりかけているのに気づいて、「どうしますか？」と訊いてくる。三人そろってお代わりを注文する。フィッシュアンドチップスも。

それから二人は、互いの友人知人の消息について話す。誰それは今どこそこの病院に勤めている、あいつは開業した、あいつのクリニックは潰れた、あいつは留学している……等々。

「あ、そういえばさ」

三階堂さんは、そうそう、というふうに言う。

「ハルコちゃんのこと、知ってる？」

先生の頬がわずかに、ぴくりと動く。表情は動かない。ビールのグラスを見つめたまま、三階堂さんに問い返す。

「知ってる、って何が？」

「あ、知らなかった？　ハルコちゃんねえ、再婚したって。相手は一般人だって。今年の年賀状にそう書いてあった」

「……ああ、そう」

「言わない方が、よかったかな」

「いやべつに」

テーブルが静かになる。先生はグラスに手を伸ばして、かたんと倒してしまう。琥珀（こはく）色の液体が天板に広がる。

「すみません」

紙ナプキンで拭こうとすると、店員さんがやってきて代わりに片づけてくれる。先生は首を振って、

「酔ったのかな。ちょっと手を洗ってきます」

わたしにそう言うと、洗面所へと中座する。先生がいなくなるや、

「ああ〜、やっぱり言わない方がよかった〜。だめじゃん俺〜」

三階堂さんが、こぶしでこつんと自分の頭を叩く。やけにかわいい仕草だ。

「だから俺、みんなにしょっちゅう注意されるんだよね。『若先生、話す前にいったんよく考えましょうね』って」

「あの……ハルコさんというのは」

「あ、うん、あいつの別れた奥さん」

三階堂さんはまったく考える様子をみせずに答える。おくさん。その四文字が、どん、とわたしの胸を突く。ハルコさん。奥さん。ハルコさん。

先生がかつて結婚していたことは知っていた。離婚したことも。彼自身がそれについて語ったことはないけれども、診療所の常連さんたちやスーパー桐生のノブコさんから断片的に聞いていた。だけど、なんとなくわたしには現実味がなかった。ああ、そうなんだ……くらいに思っていた。

それが、こうして名前を知ってしまうと、いきなりリアリティが出てくる。生々しく迫ってくる。あの冷静な先生が、別れた相手の再婚を聞いて飲みもののグラスを倒すなんて……それもショックだった。

「千秋先生って、結婚されていたんですか？」

心のゆれを三階堂さんに悟られないよう、いかにも初耳です、という反応をする。

「うん。やっぱり同期の女性医師とね。すごく優秀な人でさ、大病院に勤めてたんだけど、千秋くんと結婚して診療所を手伝うって聞いたときはびっくりしたよ。おいおい、ハルコちゃん、あいつに感化されちゃったのかよ……って」

鼓膜がじんじんしてくる。ハルコさんについての情報が自分のなかに入ってくる。同期の女性医師、すごく優秀で大病院に勤務、先生のことを〝千秋くん〟と呼んでいた……。

これまでずっと抽象的だったはずの存在が、みるみる具体的になってくる。心臓がこぶしでどんどん叩かれてるみたいだ。もうこれ以上は聞きたくない。でも言えない。ここで変な態度をみせたら三階堂さんに怪しまれる。

だからわたしは興味津々という表情を崩さず、彼の話に聞き入る。その実、心のどこかが黒ずんでくる。

「そうだ」

三階堂さんは、いいことを思いついたというふうに笑って携帯電話を取り出す。

「あいつが戻ってくる前に、写メ見ます？　昔三人で撮ったやつなんだけど……うわあ、みんな若ぇなあ」

指先で液晶画面をすっすっと撫でる。

（み、見たくない……ハルコさんがどんな顔をしてるのかなんて……見たくない……見れない……見ちゃいけない）

困惑が最高潮になったとき、先生が戻ってきた。

「なにしてんの、三階堂」

テーブル越しに身を乗りだして、わたしに携帯を見せようとしている三階堂さんをじろりと見やる。

「あ、いやべつになんも。ね、蒲生さん」

「は……はい、なにも」

先生はわたしに視線を当てて、「水を頼みましょうか？」と言う。

「顔色がすぐれないようだから」

「大丈夫です」

そこへ、大皿に山盛りのフィッシュアンドチップスが運ばれてくる。タルタルソースにサルサソース、バルサミコ酢が添えられている。

「おお〜待ってました〜。これ、かけちゃってもいいかな」

三階堂さんは黒いお酢をまわしかけて、もりもりと食べはじめる。


「ちょっとおねいー、お酒のんできたでしょー」

3LDKマンションの実家へ帰宅するなり、口を尖らせた妹から責められてしまう。夏まではピンクブラウンだった髪の毛がダークブラウンになっているのは、就活対策だろう。

冷蔵庫を開けると、ラップをかけた麻婆豆腐(マーボーどうふ)がひとり分、入っていた。

「おねいの分、ちゃんととっといたよ」

ありがとう、とお礼を言って、これは明日の朝いただくことにする。

父と母はリビングでくつろいで缶ビールを呑んでいた。うちの家族で下戸なのは妹だけだ。わたしももう一本だけ、つきあう。

「今日、仕事の面接だったんでしょう。どうだったの?」と母から訊かれる。本日の上京の目的を簡単に伝えてはいた。

「うん。まあまあ、かな」

ビールをちびちび呑みつつ答える。

「おばあちゃんちの住み心地はどう？　おうち、古くなってない？」

「それは大丈夫。柱もしっかりしているし、立てつけも」

「田舎の家はああ見えて、頑丈だからなあ」と、これは父。

「そうそう。あのね……」

わたしは村の夏祭りの夜店を手伝ったことや、映画の撮影隊がやってきたことを話す。

「ええー、おねい、なるＭＩＸと会ったんだーっ。いいないいなー」

妹が携帯電話をいじりだし、映画情報のニュースサイトを見つける。

「なるＭＩＸの新作ね……あった、『涅槃の果て』。しかも鮒戸翔も出てるんじゃん！

くぅー、私もついていけばよかった。おねいを手伝ってカレー作ればよかったぁ」

妹はソファに座ったまま、両足をばたばたさせる。のりちゃんみたいだ。

「ね、おねい、その映画会社のケータのスタッフになるんなら、私を助手にしてくんない？　そしたら姉妹そろって一気に就職きまるし」

「なに言ってんの。あんたジャガイモの皮も剝けないくせに」

母の言葉に妹はすかさず言い返す。

「ピーラーがあるもん！　ああ、わたしもなるＭＩＸと翔ちんに会いたいようっ」

そんな二人を尻目に、「ところでなつき」と父が話しかけてくる。

「実はね、おばあちゃんの家を処分しようと考えているんだ」

「えっ」

　缶ビールが手からすべり落ちそうになる。父が言うには、おばあちゃんが亡くなって、もう向こうへいくこともなくなったし、さりとて自分の生まれ育った生家を空き家のままにしておくのもしのびない。だから不動産会社に、家屋ごと買い取ってもらおうと考えているとのことだ。

「もちろん、そんなに高くは売れないだろうけどね」

「でも……せっかくおばあちゃんたちが遺してくれた家なのに……いいの？」

「あのままにしておいたら、いずれぼろぼろになる。そっちの方が悲しいと思わないか？」

　それはたしかにそうだった。

「もしなつきが、あの家に今後も住み続けるというのなら話はべつだけど——でも、東京に戻ってくるんだろう？　今日の面接もうまくいったみたいだし」

「……うん」

　いったん向こうへ戻るとして、そろそろこっちへ帰ってくるようにと、暗に促される。壁のコンセントで充電している携帯電話が鳴る。千秋先生からだ。ベランダの戸を開けて、

「はい、蒲生です」

応答すると、『さっきはすみませんでした』と謝られる。

『アホが邪魔をしてきて、ほんとうに申し訳ない。やっぱり横着しないでホテルの外の店へ誘うべきでしたね。僕のミスです』

「いえそんな」

結局あのあと、三階堂さんが場所を変えて呑み直そうと言いだしたので、自分だけ先に失礼したのだった。先生はわたしにホテルの部屋のカードキーを渡したそうな素振りを見せたけれど、三階堂さんがそばでぴったりくっついていたので、できなかった。

わたしとしても先生と同宿せずにすんで、正直なところほっとした。ハルコさんのことを知ってしまった動揺が鎮まらなかったから。

『そういえば俺が手洗いに立ってる間、三階堂と二人だけでいたときに……』

「は、はい」

どきりとする。まさにそのとき、ハルコさんの話を聞いたのだった。

『大丈夫でしたか?』

「え」

『いや、あいつ携帯を手にして、あなたの方に迫っていたから。もしや連絡先でも訊きだ話す。

三階堂さんの携帯が新機種だったので、見せてもらっていたのだ、と尤もらしいことを
「いいえ。ただおしゃべりをしていただけです」

ちがう意味で、またどきっとする。

そうとしていたんじゃないか、と』

『そう。なんともないならいいんだけど』

「ほっとしましたか?」と投げかけてみると、『ほっとしましたよ』という返事がくる。

電波越しに微笑む気配を感じる。

『そちらはご実家ですか? 静かだけど』

ベランダに出ているんです、と答える。「千秋先生は今どちらに?」と問うと、ホテルの部屋だという。気のせいか背後から妙な音が聞こえてくる。ぐうぐうという鈍めの音が。

『ああ、三階堂のいびきです』

酔いつぶれて、ベッドにひっくり返って寝ているという。

『せっかくのセミダブルルームを、よりによってこいつと利用する羽目になるとはなあ』

苦笑いを浮かべている顔が見えるようだった。

「わざわざ電話してくださって……ありがとうございます」

『いや、寝る前にあなたの声が聞きたかったから』

心地のいい低い声に耳を撫でられる。

ふと、先生に今日の面接のことを打ち明けたくなった。かなりの好条件を提示されて、正直いって心がゆらいでいることも。父からそろそろ東京へ戻ってくるよう言われたことも。祖母の家が処分される方向へ進みそうなことも。

それらを隠さずに話して、先生の反応を窺いたいと思った。直接だったら言えないことも電話でなら言える気がした。

「あの、先生。実は今日——」

その声にかぶさり、背後のガラス戸が勢いよく開く。

「おねいー、お母さんが早くお風呂に入んなさいってー」

「わ、わかった！　わかったから、ちょっと出てって」

「さっきから誰と話してんのー？　かれしー？」

「だっ、誰でもいいでしょう」

ベランダから妹を追い出すと、電話の向こう側からくくく……と笑い声がする。

『妹さん？　おねい、って呼ばれてるんだ。いいね』

「はあ」

妹の乱入で、告白する気勢が削がれてしまった。

『ええと、なんの話をしてたんだっけ？』

「いえ……なんでもありません」

『そう。じゃあそろそろ切るね。早くお風呂に入らないと』

おやすみなさいを交わしあい、通話を終える。

夜空を眺めると、白ごまみたいな小さな星が点々と散らばっている。星の光は小さくて、夜の闇は薄い。藍川村の夜空とはまったくちがう。

「おねいー、電話もう終わったー？」

リビングから妹が、ガラス戸を指でこんこん叩いてくる。「終わったよ」と答えて室内に戻る。

二

がたがたがたがた……。

コンバインの力強い作業音が、あちこちの田んぼから聞こえてくる。稲穂がどんどん収穫されていき、稲刈り機が自動的に籾を袋詰めしていく。それらの籾袋を、歩道の軽トラックまで運ぶのが、わたしたちの役目だ。

ずっしりとした袋を両手でかかえ上げようとするけれど、想像以上の重量で、びくともしない。

「お……重い」

「ああ、それはひとりじゃ無理だわ。三十キロあるもん。一緒に運びましょ」

より子さんに声をかけられ、いったん横に寝かせた籾袋を、二人がかりで持ち上げる。それでも充分重い。腰にきそうだ。

「よいしょ、よいしょ」と拍子をとって一歩ずつ、慎重に歩んでいく。より子さんはポロシャツ、わたしは『涅槃の果て』Tシャツにジーンズ。どちらも軍手をつけて足は長靴だ。

「急がなくていいからね。怪我しないように」

農協のマークがついたツナギ姿の千秋先生が、肩に籾袋を担いでわたしたちの横を通りすぎる。軽トラのそばではのりちゃんとエマちゃん、その他の子どもたちが荷台の上で遊んでいる。全員学校指定の体操着の秋ものだ。

「はい、きみたち降りてね。危ないからね」

同じくツナギ姿の相田さんが先生から籾袋を受けとり、荷台に積む。気持ちのいい秋晴れで、頭上では赤とんぼが飛び交っている。

今日は藍川村の田んぼの一斉稲刈りの日だった。今日明日で村じゅうの稲を刈り取って、すぐさま出荷できる状態へもっていく。なにしろお米は数少ないここの名産品なので、収穫期には村民総出で、田んぼを持っていない人も、どこかしらの農家を手伝うのだという。

そういうわけで診療所も本日は臨時休診。先生もより子さんも、ついでにわたしも〝助っ人〟要員として、午前中からあちらの田んぼ、こちらの田んぼで籾袋を運んでいる。

ようやく軽トラまでたどり着くと、

「もういいよ。あとは俺が持つから」

ひょい、と先生がわたしたちの手から籾袋を、軽々と運び上げる。ベージュ色のツナギが大柄な身体によく似合う。この前のスーツ姿も堂に入ったものがあったけど、こういうガテン系の恰好をしてもなじんでいる。

(米農家の三代目です、って言われても信じちゃいそう……)

首に巻いている手拭いで額の汗を拭いていると、先生が軍手を外してわたしの鼻先をちょん、と指でつつく。

「なっ、なんですかっ」

慌てて鼻を押さえると、

「鼻の頭にもみ殻がついてた」

しれっとして言われる。不意にこういうことをされるのは心臓に悪い。周りに人もいるというのに。

「ねえ先生、そろそろいいのが思いつきました？　出生届のリミット明後日なんですが」

相田さんが言う。例の赤ん坊の名づけの件だ。先生はまだ相田さんの赤ちゃんの名前を決めかねていた。

「うん、だいぶ絞り込んできてますよ。心配しないで。明日までには必ず」

分別くさい顔をして先生は腕を組む。

「お願いしますね。いまんとこ〝べびちゃん〟って胎児ネームで呼んでるんで」

「アトムがいいって、のり言ったじゃん。アトムにしようよ。アトムちゃん、かわいいよ」

その会話に、のりちゃんが参入する。

「う〜ん。アトムじいちゃん、っていうのはなあ」

渋る先生の腕にぶら下がり「アトム、アトム」と、のりちゃんは連呼する。そんな雑談をしながらも作業を続けて、夕方になる前にはなんとか刈り終える。

何十もの籾袋がトラックにずらりと積まれた光景は壮観だった。これらを今から精米所へ運んで、乾燥と籾摺(す)りをするそうだ。

「お疲れさまでした。今日のお礼に、みなさんに新米を十キロずつ差し上げますんで」

ねぎらう相田さんに先生は「二十キロはほしいな」と交渉しだす。より子さんも同調して、

「そうね。それくらいは働いたわよね、わたしたち」

「分かりました、分かりました。課長にそう伝えときますから」

相田さんは苦笑して軽トラの運転席に乗り込む。先生も運搬を手伝うという。

「より子さん、診療所の方へいったん戻られますか?」

「ええ。どうせなつきさんを送っていくし」

「じゃあ、すみませんが鍵をかけてきたかどうか、確認してもらえませんか。どうも今朝、出てくる際に施錠するの忘れた気がして」

「分かりました。お預かりします」

より子さんは千秋先生から鍵を受けとる。「のり助、いくよー」と声をかけると、のりちゃんはもう少しここで遊んでいくという。六時までには帰ってくるよう言いつけて、

「じゃあいこうか、なつきさん」

歩道に停めてある彼女のコンパクトカーに同乗して、家まで送ってもらう。田んぼ沿いの道を走る車の窓を開けると、草と土のにおいをのせた秋風が吹き込んでくる。稲刈りを

している人がこちらに手を振ってくる。

「そっちの刈り取りは終わったけえ？」と呼びかけられて、

「はーい。なんとか」

と、わたしは答える。名前は知らないけれど何回か診療所にきている方だ。

土地に住む人たちが気軽に声をかけあって、助けあっている。この村のこういう雰囲気が最初は苦手だったけど、今はかなり慣れてきた。顔見知りの方が増えてきて、挨拶が出やすくなった。だけど、こんなことをしていて、いいのだろうか。

ふう、と助手席でため息をつく。

貝沼さんと面談したのは先週の土曜日のこと。あれからもう六日も経っている。六日間、わたしはずっと悩んでいた。普通に考えるなら、ケータリングスタッフになるべきだった。分かってる。だけどまず千秋先生にそれを相談しないと。そして彼の意見も聞かないと。

そう意識するたびに、きまってこんな思いも浮かんでくるのだった。

(先生に相談して……それでわたし……いったいどんな反応を期待してるんだろう)

引きとめられることだろうか。それとも就職を祝福されて、送りだされることだろうか。

彼の性格からしてなんとなく、後者の態度をとってくるような気もされた。

(だって先生……ハルコさんとのときも結局、引きとめようとしなかったから離婚したわけなんだし……）

こんなことを考えている自分がいやになってくる。

やっぱり面談を終えた土曜の晩、先生から電話がかかってきたあのタイミングで話してしまえばよかった。時間が経てば経つほど口にしづらくなってきて、頭のなかがぐるぐるする。

「静かだけど、疲れた？」

運転席のより子さんが話しかけてくる。

「籾袋なんて重いのを運ぶの、男どもだけでやってほしいわよねえ。明日は筋肉痛、確定だわ」

そうですね、とうなずくと、

「だけど千秋先生も不用心な人よね。いくらここが田舎だからって鍵くらいかけなさいよ、ってね」

「先生、母屋の方も鍵をかけないですよね」

つるりと言葉をすべらせて、しまった、と手で口もとを押さえる。

「あらま、そうなんだ」

より子さんは前方に視線を向けたまま、微笑んでいる。

案の定、診療所は無施錠だった。窓を開けて室内の空気を入れ換える。

「ねえ、せっかくだからお茶でも飲んでいきましょうよ。あたし喉かわいちゃって」

より子さんは待合室のポットに水を入れ、インスタントコーヒーを淹れてくれる。砂糖と粉末ミルクをたっぷり入れたまろやかに甘いコーヒーが、農作業で疲れた身体に沁み込む。

夕方のサイレンが聞こえてくる。開け放した窓から射し込んでくる西日がまぶしい。さっきまで刈り取っていた稲穂と同じ金色だ。

「もう秋ねえ」

向かいのソファに腰かけているより子さんが、つぶやく。

「一年で一番いい季節よね。暑くもなく寒くもなく。うちのチビは干し柿が好きだから、今年も作らないとなあ。ねえ、ここの庭にも柿の木があるのよ。知ってた？」

知らなかった。というより木は何本もあるので、どれが柿の木なのか分からなかった。

「あとひと月もしたら実が熟すから、先生にもいでもらいましょうよ」

ひと月後、自分はまだここにいるのだろうか。何をしてもこのことに思いが向かってしまう。

「より子さん……あの、少し……聞いてもらえませんか」

紙コップを両手で押さえて、気づいたら口が動いていた。誰かに話して、考えを整理したかった。先生以外の誰か、適切な人に。

「先週末に東京へいって、仕事の面接を受けてきたんです」

「そう」と彼女はうなずく。

「やっぱり飲食系?」

「はい」

ここへロケ撮影にやってきた映画会社から声をかけられ、いい条件でスタッフ契約を提示されたことを話すと、

「ああ、その日ちょうど、あたしお休みしてたんだっけ。映画スターとか見たかったなあ。それで?」

より子さんは続きを促す。

「面談の途中でもう……即引き受けようとしちゃったんです。すぐにでも雇ってもらって、なんならもうここに帰ってこなくてもいいや、ってくらいの勢いで……」

話しながら首すじが赤くなってくる。我ながらあさましい。より子さんは気を悪くしたふうでもなく、

「そりゃそうよ。だって仕事は大事だもん」

さばさばと、そう言ってくれる。

「で、千秋先生にはその話、もうしたの？」

「……」

「あたしが口を挟むことじゃないけど、早めにした方がいいんじゃ――」

「より子さん」

彼女の言葉を遮ってわたしは言う。なぜそんなことを訊こうと思ったのだろう。自分でも分からない。でも、それを知りたい欲求が抑えられなかった。ほとんど衝動的にその問いを投げかけた。

「どうしてハルコさんは出ていったんでしょうか」

途端、より子さんは目を丸くする。

「どうして先生は離婚したんでしょうか。ハルコさんを引きとめなかったんでしょうか」

「びっ……くりしたぁ。あなたよく名前まで突きとめたわねえ」

「お医者さま、だったんですよね。ここの診療所で一緒に働いていた方だって……より子さんなら詳しいことをご存じなんじゃないでしょうか」

逸る口調になるわたしに、彼女はきっぱりと告げる。

「ごめん。それに関しては何も言えないし、他人が言うべきことではないと思うの」

冷水をかけられたように、はっとして我にかえる。

「そ、そうですよね……すみません。変なこと訊いて」

みっともない真似をしたことに、恥ずかしくなる。先生のいない間にこそこそとハルコさんのことを嗅ぎまわろうとするなんて。恥の意識にいっそう顔が赤らむ。

そんなわたしにより子さんはもう一度「ごめん」と言う。

「あのね、今話したことを千秋先生に、そのまま話せばいいんじゃないかな。あ、面接ですぐさま採用してもらおうとしたことだけは内緒にしてさ。迷っているんですけど、どうしましょう……って感じで、ね」

「……そうですね。すみません、つまらないことを長々と」

「いいのいいの。ちょうどいい練習になったじゃない」

気を引き立てるようにそう言うと、そろそろいくわね、とより子さんは立ち上がる。診療所の鍵をわたしに手渡して帰っていく。


待合室でひとりになって、考える。

どうしてさっきより子さんに話したことを、先生には未だ話せていないのか。毎日のように顔をあわせて、おしゃべりをしているのに、肝心なことは何ひとつ伝えられていないのか。

怖かったからだ。

今後のことについて先生に相談して、どんな反応が返ってくるのか怖かったから。先生がわたしにやさしくしてくれるのは、期間限定の付き合いだと割り切っているからだとしたら。もしわたしが、東京へ戻るにしても交際を続けていきたいといったことを口にして、向こうが迷惑そうな顔をしたら……。

そんな恐れがずっとあった。先生といるときは楽しかったけど、不安だった。楽しさをできるだけ引き伸ばそうとしてきたけれど、それだけではやっぱりだめだ。

この不安に向きあわないと。そうしないと前に進めない。

ゆっくりと深呼吸をする。先生が帰ってきたら、さっきの話をそのまま話そう。先週末に上京したのは友人に会うためではなく、仕事の面談だったこと。いい感触だったものの、受けるかどうか迷っていること。ハルコさんの存在がわたしのなかで急速に大きくなっていることも、正直に打ち明けよう。

(それにしても先生……まだかなあ。精米所、混んでるのかなあ)

少し迷い、思いきって電話してみることにする。トゥルルル……と耳に当てた携帯電

話から呼び出し音がするや否や、

〈チャーチャッチャチャッチャチャララ～〉

聞き憶えのあるメロディが、すぐ近くから聞こえてくる。窓の方だ。窓辺へダッシュして外を見ると、心臓が口から飛び出しそうになった。

先生がいた。腕組みをして壁に背をつけて立っている。

「あ、あ……あの……い、いつから……そこに？」

「より子さん、少し聞いてもらえませんか、のところからかな」

ほとんど全部ではないか。さっきの会話を立ち聞きされていたなんて……気まずい。とても気まずい。

なんでも籾袋の集荷作業が早く終わったので、相田さんの車でここまで送ってもらったのだという。車の音に気づかなかった。

「せ、先生……わたし、その」

わたしが言いかけるのに先んじて、先生は建物の入り口へまわって室内に入ってくる。

待合室を横切って廊下の奥の診察室へ向かい、何かを手に戻ってくる。

どん、と硬い音を立ててそれをテーブルに置く。金糸で四隅が縁取りされた大学の卒業アルバムだった。

「あの……これは?」

先生は答えずにソファに座ると軍手を外し、厚い紙をめくっていく。ある箇所を開いてわたしに示す。見開きのそのページには、上段に『ゼミ紹介』と書かれてあった。

白衣姿の何人かの若い男女の写真が掲載されている。先生はすぐに分かった。髪型も眼鏡も、がっしりとした体格もほぼ変わっていない。ただ、ひげはまだなく、今よりもやや鋭角的な雰囲気だ。よそいき用の笑みを浮かべてゼミ生たちの輪の端に収まっている。その隣には三階堂さんがいる。こちらは先日拝見した風貌と全然変わっていない。

反対側の端にいる女性の顔の横を、先生の指が押さえる。

「この人です」

切れるような声だった。この人がハルコさんなのか。想像していた感じとは、少しちがった。優秀な女性医師だと聞いたので、てっきり先生みたいに背が高くスマートな方なのではないかと勝手に思っていた。

だけど写真のなかのハルコさんは小柄で、少年のようにきりっとした表情の、清潔感のあるボブヘアーの女性だった。他の学生たちが笑顔でいるなか、彼女だけ笑っていない。生まじめそうなまなざしをこちらに向けている。

写真の中央には初老の男性が写っている。ふくふくと太っていて、にこやかに笑っている。

「こちらは俺のゼミの先生。この診療所の前所長でもあった方だ」

先生はアルバムに視線を落としたまま、わたしの方を見ずに言う。

「彼女とは同じゼミだった。ついでにいうと三階堂も。卒業後はなんやかんやあって、俺は退官後の先生がやっていらしたここを引き継いだ。学会で数年ぶりに会った彼女にそれを話したら、向こうは興味をもった。それで付き合いがはじまった」

業務報告でもするような、坦々(たんたん)とした口調。

「病を診て人を診ない都市型医療にはうんざりだと彼女は言った。自分もここであなたと一緒に地域医療に従事したい、と。それで結婚した。この土地に根を生やし、子どもをつくって、共に生きていこうと話しあった。だけど向こうは出ていった」

低い声がわずかに軋(きし)む。

「どうして……でしょうか」

おずおずと尋ねると、「さあね」と彼は言う。

「ここでの暮らしが期待していたようなものじゃなかったからかな。それとも俺に飽きたのか」

先生が言うには、最初の頃は藍川村での生活を彼女は楽しんでいたようだった。地元の神社で式を挙げ、催しものやイベントがあるたびに積極的に参加して、早く村になじもうと彼女は努力していた。〝若先生の奥さん〟と村の人たちから呼ばれて嬉しそうだった……と。

「でも、たぶん彼女は無理してがんばってたんだと思う」

ときが経つにつれ、彼女は次第に苛立ちを募らせるようになった。この村の商店はどこも品ぞろえが少ない。スポーツジムもちょっとした飲食店も書店もない。ここへきて一年以上も経つのに、自分はまだ周りから〝若先生の奥さん〟と呼ばれている etc。

それでも不満をあらかた吐きだしてしまうと、「ごめんね千秋くん」としゅんとなった。だから先生も鷹揚にかまえていた。自分もここに順応するのに時間がかかった。焦らなくていい。ゆっくり、のんびりやっていこうとなだめていた。

そんなある日、事件が起きた。休日の午後、いただきものの野菜でマリネを作ろうとしたハルコさんが「買いものにいってくる」と自転車に乗って出かけたまま、夜になっても戻らなかった。携帯は置いたまま、財布ひとつを手にしたままで。

心配した先生は村じゅうを捜してまわった。より子さんをはじめ心当たりのあるところへ片っ端から電話をかけ、うちの奥さんがそちらへいってないかと尋ねまくった。するとスーパー桐生のノブコさんから、店にきている、と言われた。

迎えにいくとハルコさんは、商品棚の前で泣きじゃくっていた。

「マリネに使うバルサミコ酢を買いにいってさ、日曜でノブコさんの店は休みだったものだから隣町までいったらしい」

だけど、隣町のスーパーにも生協にもコンビニにも目当てのものはなかった。往復で二十キロもの道のりを自転車で走ってスーパー桐生へ戻ってくると、ノブコさんに頼み込んで店を開けてもらった。でも、ここにもバルサミコ酢はなかった。

「泣きながら俺に怒鳴ったよ。なんでどこにもバルサミコ酢が置いてないんだ、って。こんなところもう無理……って」

その騒動からほどなくして、ハルコさんは東京の実家へ戻った。彼女の希望で買った、親子三人で眠れるキングサイズのベッドも、毎朝新鮮なジュースを作るためのミキサーも置いていった。後日、署名捺印済みの離婚届が郵送されてきて、記入してここの役場へ提出した。結婚生活は二年にも充たなかったという。

「結局、ここの水があわなかったんだろうね」そう、先生はまとめる。

「地方移住だの、田舎暮らしはいいだのなんだといわれてるけど、向かない人には向かないもんだよ。まして、ずっと都会の便利さに慣れてきた人には」

その言葉は——無意識に出されたのかもしれないけれど——ちくりとわたしを刺した。

「そういうわけで、俺の離婚の顚末(てんまつ)はこの村の人たちにはだいたい知れわたっています。なにしろ診療所の患者さんたちの家にまで、電話をかけちゃったからね。あのときは」

ややé自嘲ぎみに苦笑する。先生らしくない乾いた表情だった。その顔つきのまま、横に立ちつくしているわたしを見上げる。

「きみの聞きたいことに、これで答えられたかな。何か質問は？」

「……ありません」

「じゃあ、俺からも質問してもいいかな」

ごくりと、知らずに喉が唾を飲む。

「なんでつまらない嘘をついたの？　友だちと会ってきただなんて。正直に就職の面接を受けてきた、って言ってくれてよかったのに」

ぐう、と答えに詰まる。

「……すみません」と謝ると、

「謝ってほしいわけじゃないよ。仕事は大事だもんね。早く返事をしなくてもいいの？」

静かな声で皮肉を言われる。それだけにこたえるものがあった。

「あ、あの、聞いてください」

弁解にも似た口調で改めて説明をする。たしかに先週末に上京したのは、映画会社の方と会うためだったこと。ケータリングスタッフにならないかという申し出を受けたこと。その返事を、そろそろしなければならないこと等々を。

「そう」

聞き終えて先生はうなずく。

「いい話だと思うよ。断る理由はないんじゃないかな」

「は、はあ」

ちがう。そういうことを聞きたいんじゃない。でも、今の先生は取りつく島もない感じで、何をどこからどう伝えればいいのか分からない。どうしてつまらない嘘をついてしまったのか、なんで面談の件をなかなか話せずにいたのか。ちゃんと順序立てて説明したいのに、重苦しい雰囲気に呑まれて言葉が出てこない。

根比べでもしているかのように、互いに沈黙する。壁かけ時計の秒針の音がやけに大きく聞こえてくる。

「きみはさ、俺に引きとめてもらいたいの？」

先に声を発したのは先生の方だった。

「東京に戻らないでほしい、ずっとここにいてほしい、って。俺からそう言われるのを待ってるの？」

「べ……べつにそういうわけじゃ……」

先生は冷めた視線をわたしに当てて言葉を続ける。

「悪いけど俺は引きとめないよ。出ていきたいなら出ていけばいいし、留まりたいなら留まればいい。ただしそれは自分の意思で決めてほしい。俺にどうにかしてもらおうなんて思わないでほしい」

その言いぐさに、かっとなった。さっきから言われっぱなしだった悔しさが、ぐっと頭をもたげてくる。

「自惚(うぬぼ)れないでください」

ぴしゃりと言い返す。

「あなたにどうにかしてもらおうなんて、これっぽっちも思っていません。言ったじゃないですか。ここにいるのは夏の間だけ、って。仕事も見つかったことですし、明日にでも東京に戻るつもりです」

ひと息にまくし立てると、先生は数秒おいて「それがいいよ」と言う。

「あなたには田舎の暮らしは向いてないよ。最初に会ったときから思ってた。だから……それがいいよ」

その表情にはなんの色もなかった。理知的で平静として、自分の意思を絶対に曲げない人がもつ特有の、冷たい顔だった。ふと思う。ハルコさんと別れるときも、この人はこんな表情をしてたのではないだろうか……と。

最後に何か、言いたくなった。この人にダメージを与えてやれるような皮肉か当てこすりをぶつけたかった。でも、適当な言葉が浮かんでこない。

せめてぷい、と顔をそむけると、夕暮れの光のなかで埃がきらきら舞っている。その光線が目に射し込んで、まぶしさのあまり涙が浮かんでくる。

三

立つ鳥は跡を濁してはいけない。

翌日は朝から家じゅうを掃除する。すべての部屋に掃除機をかけ、廊下を水拭きして、お風呂場とトイレは特に念入りにきれいにする。不動産会社になるべく高値で売れるように。

庭の草むしりをしていたら、隣の診療所へやってくる患者さんたちの姿が見えた。今日も盛況のようだ。

午後は村役場へ出かけて相田さんに挨拶をした。本日の夕方ここを発ち、東京へ戻る旨

を告げると、「ずいぶん急ですね」とさすがに驚かれる。そういうわけなので新米十キロはけっこうです、と言うと、

「お米は東京のご自宅へ送りますよ」

相田さんはにっこり、笑う。気に入ったら藍川村をふるさと納税地に選んでくださいい、とつけ加えるのも忘れない。

「うちの〝べびちゃん〟を蒲生さんにも、ちゃんとお見せしたかったなあ。まあ、まだこんなですけどね」

携帯電話に保存している赤ちゃんの画像を見せてくれる。サキさんの腕に抱かれて、かわいらしく笑っている。産まれてまだ二週間も経っていないというのに、すでに笑顔が父親に似ている。

帰り道、スーパー桐生にも立ち寄る。ここには三日と空けずに通っていたので、やはり挨拶をしておこうと思った。店内にはトシエさんもいた。わたしの顔を見ると店主のノブコさんは、

「りんごもっていくか。傷がついてて売りもんにならんやつ、やるわ」

りんごを何個かビニール袋に入れて持たせてくれる。荷物になるから断ろうかと思ったものの、せっかくなのでいただいた。ここでノブコさんにはしょっちゅう、おまけをして

もらっていた。

お二人にも帰京することを伝えると、相田さんほどびっくりされはしなかった。ただ、さびしそうな顔をされた。

「元気でなあ」とトシエさん。

「また墓参りのときにでも、こっちくるんだろ?」とノブコさんから問われ、曖昧に笑って返事を濁す。

棚をぐるりと眺めると、ポン酢の横にバルサミコ酢があった。この前見たのと同じ銘柄だ。なんとなく、ここにこうして並べておかせたくなくて、レジ台へ持っていく。

「これください」

それがこの店での最後の買いものだった。

学校帰りののりちゃんが、いつものように遊びにきた。バルサミコ酢で煮たりんごを、おやつにだす。

「おうちのなか、いつもよりきれいだね」

のりちゃんは室内を見まわしてそう言うと、お皿に残った煮汁まで飲んでしまう。今日は金曜だ。週明けの月曜日は秋遠足の日だという。

「お芋ほりにいくの。なつきちゃんにもお芋、もってきてあげるね」

「ありがとう。嬉しいな」

微笑みつつも胸が痛んだ。月曜にはわたしはここにいないの、とこの子には言いづらかった。のりちゃんはランドセルからノートを出すと、「見てみて」とちゃぶ台に広げる。夏休みの絵日記帳だった。

「瀬藤先生から花丸マークもらったの。一番いいやつ」

担任の先生に褒められたと自慢しながら、ページをめくっていく。

七月某日、『おばあちゃんがはたらいているしんりょう所のおとなりさんちで、焼きトウモロコシを食べました』。その数日後は、『今日のおやつは白玉でした。もってかえったやつを、おばあちゃんとまたいっしょに食べました』。八月某日、『お祭りで焼きそばを作るなつきさんを手伝って、エマちゃんたちと色んな焼きそばを食べました』。

そんな夏休みの日々が豪快なイラストと共に記されている。一緒に読んでいって、ある日付けのところで目がとまる。八月十六日。夏祭りの日だ。

『今年もお母さんはこれなかったけど、なつきさんと千秋先生と三人で花火を見ました。楽しくて、きれいで、かき氷がおいしかったです』

夜空に咲く大輪のヒマワリみたいな花火と、その下にいるのりちゃんとわたしと千秋先生の絵。三人とも、にこにこと笑っている。楽しそうに、しあわせそうに。その絵には、ひと際大きな花丸がついている。

「これねえ、秀ちゃん先生にも見せてあげよっと」

のりちゃんは大切なものを扱う手つきで、絵日記帳をランドセルに戻す。

夕方になり、より子さんがのりちゃんを迎えにくる。

「あらあら、お昼寝させてもらっちゃって」

おやつのあとは眠たげだったので、床の間に布団を敷いてのりちゃんを寝かせていた。

その間、荷づくりをしてしまった。ぴかぴかになった家のなかと、廊下に置いてあるキャリーケースをより子さんは一瞥する。

「先生ねえ、今日すっごく元気がなかったのよ」お茶を飲みつつ彼女は話す。

「無口で、どよ〜んとしてて。いつもみたいにあたしとボケツッコミもしてくれなくて。常連さんたちがひそひそ声で、ヨメさんに逃げられたときよりもひどい、って心配してた」

「そうですか」

それを聞いても何も感じなかった。感じてはいけないと思った。お茶をずずっとすすり、天気の話でもするようにより子さんに言う。東京へ帰ることにしました、と。

「そっかあ」

より子さんは驚かなかった。さびしそうな顔もしなかった。人生いろいろあるよね、というふうにうなずいて、何も言わずにいてくれることに配慮を感じた。

「切符はとったの？　もう六時を過ぎてるけど」

尋ねられ、隣町の駅から乗る予定の急行電車を告げると、

「あら、じゃあそんなにのんびりしていらんないわね」

より子さんはお茶を飲み干す。床の間に続く襖を、音を立てないよう、そうっと開ける。眠っているのりちゃんに目をやって、

「この子、あなたが帰るって聞いて泣かなかった？」

その問いに、東京へ戻ってから手紙を書きますと答える。

「うん。それがいいかもね。直接さよならを言うよりも手紙の方がね」

お互いのアドレスを交換する。これで準備はすべて終えた。間もなく予約したタクシーがやってくる。より子さんは眠るのりちゃんをおんぶする。すぐ外に停めてあるコンパクトカーまで、ランドセルを持って見送りにいく。

「いろいろとお世話になりました」

「いえいえ、こちらこそよ。身体に気をつけてね。元気でね」

そんな言葉を最後に交わし、発進した車が道路から見えなくなるまで、そこに立っている。やがて、より子さんの車と行き違うようにして迎えのタクシーが見えてくる。

藍川駅の隣駅から在来線の上り電車に乗り込む。

ウェブサイトで、東京いきの本日最終の新幹線切符もおさえた。金曜夜の上り電車にしては乗客が多い。キャリーケースを引いて通路を歩き、空いている席を見つけてなんとか座る。

窓の外に目をやると、外灯に照らされた稲刈り済みの田んぼが広がっている。さっぱりとした、ものさびしい光景だ。約二ヶ月、あの村にいた。インターバルにはちょうどよかった。明日からまた東京の生活がはじまる。

まずは貝沼さんに連絡して、契約スタッフになる旨を伝えよう。父には、頼まれて撮ってきた祖父母の家の画像を見せよう。

久しぶりにアフタヌーンティーへいきたい。映画館で映画が観たい。宅配ピザも食べたいし、コンビニで新商品をチェックしたい。秋ものの服も買いたい。あの村ではできなかったことを片っ端からしていきたい。

「楽しみだなあ」

声にだして言うけれど、口調はどことなく堅い。

早く東京に戻りたい。東京の便利な生活に戻りたい。あんな、なにもない田舎から離れられてせいせいした。きっとのりちゃんの母親も、ハルコさんもそう思っていたにちがいない。あそこでの生活はほんとうに不便でプライバシーがなくて、のんびりできるかと思いきや、ちっとものんびりできなかった。

夏祭りの夜店チームに駆りだされて、試作に試作を重ねて本番当日は大忙しで。映画の撮影隊はやってくるし、産気づいた妊婦さんは運ばれてくるし、毎日かわいい女の子がおやつを食べにくるし。

外を歩けば必ず誰かに声をかけられた。名前は知らなくとも顔見知りになった方がたくさんできた。稲刈りなんて生まれて初めてした。

忙しくて、慌ただしくて、のんびりできる暇がなかった。なによりもあの人といると、しょっちゅう心が動いて静まらなかった。

(だめ……思い出しちゃ、だめ)

両目にぐっと力を入れてまばたきする。アイメイクが崩れないよう、涙をこらえる。

今ならまだ大丈夫。今ならまだ傷は浅い。二ヶ月でよかった。そう考えよう。あれ以上一緒にいたら、きっともっとつらくなっていた。だからこのタイミングで終わらせてよかった。

今日、彼には挨拶してこなかった。する必要はないと思った。互いに言うべきことは昨日、言ってしまったから。

わたしは結局、先生に引きとめてもらいたかったのだろうか。先生は、そんなわたしの本心を察知して拒絶したのだろうか。そうかもしれない。だとしたら、一緒にいても先はない。

千秋先生は母屋や診療所の入り口はいつも開け放していたけれど、彼自身の心の扉は固く閉ざしている。わたしはそれを開けたかった。でもできなかった。開け方を失敗した。

窓ガラスに映り込む自分の横顔を眺めながら、そんなことを考えていると、地面が突然ぐらぐらとゆれる。

ききーっと、こすれるような摩擦音を立てて電車が急停止する。その拍子に座席から転げ落ちそうになり、とっさに床に膝をつく。そのままじっとしていると、ゆれは治まった。それでもしばらく動けなかった。心臓がばくばくして、携帯電話の地震情報を確認する指先まで震えた。

「また地震ですか」「最近多いですね」乗客同士で不安を紛らわすように声をかけあう。

車内放送が一度だけ流れ、それっきり一時間近くが経過する。

窓の外は田畑だった。商店も建物も、家屋らしきものも見えない。電車はいつ動くのだろう。無事に運転再開したとしても、もう東京いきの新幹線には間に合わないと思う。

妹にメッセージを送ろうと再び携帯を手にすると、電池残量はわずかしかなかった。かろうじて『地震発生。帰るのが遅れるけど心配しないで』とだけ打って送信すると、車内の照明が落ちた。周囲がざわつく。

「乗客のみなさまにお知らせします」二度目の車内放送が流れる。

「先ほど発生した地震で先行電車が脱線し、現在復旧の目途が立っておりません。乗客のみなさまにおかれましては、車掌の誘導のもと最寄り駅まで移動していただきたく……」

あちこちからため息や落胆の声がする。暗闇のなかで各自荷物を持ち、車両から次々に乗客が降りていく。線路に沿って歩きはじめる人の流れができる。わたしもあとに続く。

アナウンスによると一番近い駅は、十キロほども先だそうだ。

小石が敷かれた線路の上を、キャリーケースを引いて歩く。重い。歩きづらい。おまけに墨を流したみたいに辺りは真っ暗だった。月明かりだけが頼りという感じだ。

夕方までは気温があったので、袖なしのブラウスにカーゴパンツという服装で出てきた。だけど今は夜風がぶるりと肌を冷やす。立ちどまってキャリーケースを開け、ジャケットを引っ張り出す。

ふと、甘くてかぐわしい香りが風にのって運ばれてくる。金木犀(きんもくせい)の花のにおいだ。近くで咲いているのだろうか。ふんふんと嗅いでいるうちに、後ろからくる人たちにどんどん抜かれていく。

（いけない……ぼんやりしてたら置いてかれちゃう）

歩く速度を上げるけど、足もとがでこぼこしていてほんとうに歩きづらい。スニーカーの裏面に石が食い込む。キャリーケースのハンドルを握る手も痺れてくる。右も左も、前も後ろも闇色だ。ただ、前方をゆく人たちのあとをついていくだけ。だんだん心細くなってくる。

前にもこんな気持ちになったことがある。

あれは十二年前の三月の寒い日。やはり大きな地震が起きた。大地震だった。わたしはひとりで夜道を延々、歩いた。周りにはたくさん人がいたけれど、世界中にたったひとりでいるみたいだった。

夜空を見上げる余裕もなく、つま先がかじかんで、空腹で不安だった。あのときも今も自分はひとりで歩いている。これからもこんなふうに生きていくのだろうか。

誰とも手をつながないで、誰とも寄り添わないで――。

金木犀の香りに混じって、べつなにおいが鼻先をかすめる。こんな場所には不釣り合いな、におうはずのないにおいがしてくる。夏の日のプールにも似た、薬くさいにおいが。

うつむいていた顔を上げると、彼がいた。人の流れに逆らうように、こちらに向かってずんずんと進んでくる。息をはずませて。いつもと同じ半袖のスクラブにジーンズ。眉間にしわを寄せて、むすっとした顔つきでわたしの方に近づいてくる。

そうして目の前で立ちどまる。

「無事だったか」

はあ、と深いため息をつく。

なぜここに、この人がいるんだろう。どうしてそんな不可解な、困ったような怒ったようなまなざしをわたしに当ててくるのだろう。

「……どうしたんですか」そう言うなり、

「どうしたもこうしたもあるか」

若干キレぎみに言い返される。

「心配したんだぞ！　ずっと携帯もつながらないし」

「なんでわたしがこの電車に乗っているって、分かったんですか」

より子さんから聞いたという。地震が起きてすぐ、この前のときと同様に診療所を開けて、念のためより子さんにも連絡した。すると、わたしがこの急行に乗ったはずだと教えられたそうだ。

鉄道会社に問い合わせると在来線は全線不通、上り電車は立ち往生していると聞かされ、いてもたってもいられなくなった。この列車が停まっている位置を調べて、私たちが現在徒歩で向かっている駅へ車で先まわりしたという。だけど、待っている間も惜しくなり、

「じれったくなってね。いっそ、こっちからいこうと」

駅員に見つからないよう線路へ下りて、ずっと歩いてきたという。

「歩いてくる人たちのなかにきみの姿が見えないから、もしや怪我でもしてるんじゃないかと気が気じゃなかった。それか列からはぐれたか。途中で変なやつにでも……」

「どうしてですか」

彼が話すのをぶったぎって、問う。

「どうしてわたしが心配なんですか。こんなところにいていいんですか。診療所にいないといけないいんじゃないですか。さっきの地震で怪我した人が、運ばれてくるかもしれないのに」

次第に責める口調になってしまう。

「昨日わたしに言ったじゃないですか。出ていきたいならいけばいい、って。自分の意思で決めてほしい、って。わたしを引きとめるつもりはない、って……なのに、なんだって

ここにいるんですか?」

濡れそうな目で彼をにらむ。もうこれ以上この人に振りまわされたくなかった。やっと踏ん切りをつけて先へ進もうと決めたのに、どうして今さら先生はわたしをぐらつかせようとするのだろう。

向きあったまま動かないわたしたちを避けて、あとからくる人たちが追い抜いていく。

「ごめん」

静かな声で彼が言う。

「俺が悪かった。きみを侮辱して傷つけた。見限られるのも当然だ。ごめん」

そこで言葉を切って、わたしを見つめる。普段はなににも動じない冷静な目が、不安そうにゆれている。先生のそんな不安定な表情を初めて見た。

「きみが好きだ」

しゃっくりでもするように、自分の喉がひゅう、と鳴った。

「きみの作った焼きそばが好きだ。カボチャ料理もカレーも好きだ。動揺すると噛むところも、虫が苦手なところも、自転車の手入れが雑なところも。酒を呑んだらすぐに顔が赤くなって、映画のダサいロゴTシャツを案外堂々と着ているところも。顔も好きだ。顔は実は、かなり好きなんだ」

練習でもしてきたのだろうか。淀みなく、ひと息に言ってのける。そしてまた「ごめん」と謝る。

「きみを引きとめてはいけないと思ってた。困らせるだろうし、たかだか二ヶ月くらいの付き合いで、自分でも本気かどうか分からんかったし……失敗ももう、したくなかった。だけどさっきの地震で……そういうのがぜんぶ、吹っ飛んだんだ」

扉が開いた。そう思った。今、この人のずっと閉ざされていた心の扉が、わたしの前で開かれるのを感じた。ぎぎぎ……と錆びついた音まで聞こえるようだった。

「そうです、困ります」

頭ひとつ分ほど高い彼を見上げて、言う。

「千秋先生はいろんなことを話してくれますけど、肝心なことはなかなか言ってくれません。表情も読めないし、性格もけっこう人を食ったところがあるし。誰に対しても親切なだけに、かえって本心を見せていない感じがして……いつも困ってました」

「ごめん」

先生はまたまた謝る。

「でも、好きです」

彼の目を見返して言う。まっすぐ、そらさずに。そういえばわたしも今、初めてちゃんとこの気持ちを伝えた気がする。だとしたらおあいこだ。

太い腕がすっと伸びてきて、消毒薬のにおいに包まれる。鼻をつんとつくにおい。知らないうちに好きになっていたにおい。心細さを溶かしてくれるにおいを、うんと吸い込む。

「先生が好きです。大好きで」

言い終える前に唇がふさがれる。かさついて薄い唇の感触が、なつかしい。夜空に月がぼうっと、けぶったように浮かんでいる。先生はキャリーケースの取っ手を掴むと、もう片方の手でわたしの手を握りしめる。

「足もと、気をつけて」

「はい」

「もしかして俺たちがどん尻かな。ほら、後ろには誰もいない」

そのようだった。振り返ると、後方からやってくる人の姿はもうない。わたしたちが最後尾だ。

「いいんじゃないですか。ゆっくりいきましょう」

微笑みかけると「そうだね」と笑い返される。月光が線路の先を照らしている。

「ところで先生、相田さんちの赤ちゃんの名前、もう決めましたか。リミットはたしか明日までじゃあ……」

「ああ、それがね。ほら、昨日の今日でそれどころじゃなくて……」

「まだなんですか！　先生それはちょっとさすがに」

「そうだ。秋月なんてどうだろう。風流でしょ」

「それ今、月を見て思いついたんでしょう」

まっすぐ伸びた一本道を手をつないで進みながら、わたしたちはしゃべる。話すことは無数にあった。伝えたいことも。前方に落ちた細い影が誘導するように伸びている。

このまま夜どおしでも歩いていけそうな気分だった。

三．五

跡を濁さず飛び立ったつもりだったのが、こうしてのこのこと戻ってきてしまった。少しばかりきまりの悪さを覚えながらも、鍵のかかっていない母屋の扉を開ける。古い家独特のにおいがする。このにおいもまた、なつかしかった。

「おかえり」

わたしに続いて玄関に入ってきた彼が、当たり前のようにそう言う。キャリーケースを三和土（たたき）の端に置く。

「……ただいま」

小さな声でつぶやくと、背後から抱きしめられる。もう一度、耳もとでささやかれる。

「おかえり」

「ただいま」

今度はもっとはっきりと言う。おかえり、と誰かに言ってもらえるのは、ほっとする。ただいま、と告げる相手がいることも。ひとりで暮らしている間はこんな言葉を言うことも、言われることもなかった。それでなんとも思わなかった。

だけど今、この人から「おかえり」と声をかけられて、胸がしめつけられた。嬉しさとせつなさが混ざったみたいな気持ちになった。

こちらをのぞき込んでくる気配にあわせて顔を上げると、口と口が重なる。月明かりの下、線路上で交わしたそれよりも深くて長いキスをする。舌を舐めあい、吸いあって互いの身体を押しつけあう。眼鏡のフレームが鼻を押す。闇が降りてくるように、静まった空気が艶に染まっていく。

舌も歯も、上あごまでも舐められて、頭の芯が昂ぶってくる。厚い舌で口のなかをいいようにかきまわされ、息継ぎするため口を離すと、すぐにまた噛みつかれる。

「ん――ん……っ」

頭の後ろをかかえ込まれ、髪を撫でられ、耳をいじられる。冷たくて堅い指の感触にぞくりとする。この骨ばった手が好きだ。意外とやわらかいあごひげも、対照的に硬い短髪も、そこに数本光っている白いものも。

唇が遠ざかると、彼は思い出したというふうに眼鏡を外す。折りたたんで胸ポケットに入れる。

「ごめん。顔に当たって痛かったでしょ」

またごめんがでた。ふふ、と淡い笑みをこぼしてしまう。

「さっきから謝ってばかりですね」

「そうだね」

彼も微笑する。眼鏡という顔の引き立て役がなくなると、端整な風貌があらわになる。どちらかといえば硬質な顔立ちだけど、笑い方はやわらかい。先生はわたしの顔が好きだと言ってくれたけど、わたしも彼の顔が好きだ。初対面のときは怖そうに見えた顔が、今はたまらなく好ましくなっている。

そう感じられることが嬉しい。この人を好きになれて嬉しい。

二階の寝室へ移動してキスの続きをする。ベッドに腰を下ろすと、二人分の体重でマットレスがかすかに軋む。口唇（くちびる）を食（は）みあいながら互いの身体をまさぐる。うなじから鎖骨にかけて手でさすられる。

「……ん……っ」

上下の唇を嚙まれる。やさしく甘やかに。そのまま頰もちゅ、ちゅっとついばまれる。くすぐったさに顔を振ると、彼は楽しそうに目を細める。するとちょっと悪い感じに見えて、これはこれでセクシーだ。

ちゅるっと耳たぶを口に含まれる。耳穴に濡れた舌が潜り込んできて、吐息がこぼれる。

「あ……っ……ん」

先生はわたしの腕を撫で、腰をさすって衣服を解いていく。するすると、なんのためらいもなく。そうしてシーツに背を押しつけられ、組み敷かれる。ぎしり……と再びベッドが軋む。重たい身体を全身で受けとめて、されるがままに無防備な状態になってしまう。

「あ――っ」

冷たい手のひらに胸のふくらみが包まれる。心臓まで鷲摑み(わしづか)されるように。指先がそこで小さく円を描くと、たちまち尖りがふくらんで凝ってくる。ちゅっと吸われて、

「あん」

なまめかしい声がでた。ちくっとした刺激が胸を刺す。甘く吸われたら甘い痺れが、歯に挟んでしごかれたら針で突かれるような快感がその一点から流れ込む。直流の電気にも

似た感覚が、胸から全身へと広がっていく。

もう片側の先端もいじられて、くっきりと浮き上がる。肌が汗ばむ。彼の手も湿って熱っぽくなってくる。

「ふ、ぅ……」

強くせず、弱くもなく、ちょうどいい力の加減で胸を愛撫される。筋張った指がやわらかな肉に沈み、やんわりとかたちを変えさせてゆく。

「どきどきしてるね」

胸もとからわたしを見上げて、彼が語りかけてくる。

「……そうですか」

「うん。俺もどきどきしてきた」

そのまま顔が接近してきて、またキスをする。片手で背中を支えられて、もう片方の手がみぞおちをすべり下りてゆく。

(あ……っ)

柔毛をくしゅりと梳かれる。ここをさわられるのは無性に照れくさい。胸やお尻や秘部よりも恥ずかしいくらいだ。くすぐったさに腰がゆらめく。すると口のなかで千秋先生が小さく笑う。恥ずかしがるわたしの様子を楽しんでいるのかもしれない。わたしもまた、恥ずかしがりながらも楽しんでいるような気がしてくる。

舌を絢いあわせながら秘部が撫ぜられる。そっと丁寧に、何本もの指を使って。

（ん――ん、っ……）

繊細な動き方でほぐされる。のんびりと、せかさずに。この部分の感触をじっくりと味わおうとするかのように。指の動作のひとつひとつに気持ちが入っている。

「あ……あ、ぁ」

丹念にさすられるうち、花弁がじんじんしてくる。お腹の奥で疼痛の火種のようなものが芽生えて、ずきずきしだす。

「強くしてない、かな」

案じ顔で問われる。

「我慢しないで教えてね。そんなにぐりぐりするな、とか」

「……だいじょうぶ」

幅広の背に手をかけて、なだらかな首の線に口をつける。

「気持ちいい、です」

「俺もです」

丁寧語で彼は返して指の腹で花芯を押さえる。数度こすられるや、ぞくぞくした感覚が湧きたつ。この肌理の粗い指で、ここをこうされるのも好きだ。摩擦されるたびに快感が擦り込まれ、ふくらんでくる。

「んっ、あ……あぁ」

先生はわたしの反応をうかがいつつ粒を転がしながら、べつな指を内側に這わせる。女の中心部へ。

「あ、ゆび……」

ぬぷり、とぬるんだ音がした。自分でも知らないうちに潤っていた。太くて長い指を難なく受け入れて、かすかな違和感はかえって快さに近い。感じやすい浅いところを、こりこりと掻かれる。

「ん……ふ……」

くすぐったさと快感を同時に感じる。奥の方がいよいよ疼いてきて、潤みも増す。指はぬるみをまとわせて、わたしのなかを分け入ってくる。あえかな収縮を敏感に感じとり、進むのを停止して、弱い部分をくすぐる。ひくんと反応すると、すかさずぐっと押される。ん、と息を詰める。内壁が自然に撓んで彼の指に吸いつく。するとさらに突かれて、んん、と呻き声を洩らす。

「せつなそうな顔になってきた」

水のように透きとおった目を当てられる。快感に染まる表情を見られたくなくてうつむくと、背を支えていた方の手であごを摑まれる。上向かされて「いく顔みせて」とダイレクトに言われる。それも笑みを浮かべながら。紳士なのかふてぶてしいのか、分からない。たぶん両方だ。

内部を指でまさぐられ、凝った秘芯をこすられる。

「ああ、や……」

血が集まって硬くなってきた性感の種に、意識が向く。遊ぶような手つきで転がされ、押されて、さらに鋭敏にさせられてゆく。高いところへ向かって神経が研ぎ澄まされていく。爛熟してはじける瞬間を目指し、身体のなかがざわめく。

お腹の内とそのすぐ上と、ごく近いところにある光源が交互になぶられ、苛まれる。恍惚と紙一重のやるせなさに責められて、収まっている指がくの字に曲げられ、ごつごつとした節が壁にめり込む。一瞬、達しかける。

「ああ——」

陶然としてきたわたしを先生はしげしげと眺め、

「やっぱり好きだな、この顔。特にいきそうな顔」

ぬけぬけと言ってくる声の底に、欲情の響きがあった。

指が器用に動かされて、動作が濃密になっていく。内壁を撫でさすりながら充血した粒を摩擦する。どちらも丹念に執拗に、倦むことなく。どちらの愛撫に集中すればいいのか分からない。きわどくなるたび腰がひくつき、内ももが張りつめる。全身がその瞬間を待ちかまえて緊張する。

「あ、あぁ……も、もぅ――」

抜き差しのさなかにお腹がぶるっとわなないて、ひとりでに指を締めつける。あとを追うかのようにふくらみきった粒が、ぱちんとはじけてしまう。頂点まで達した昂ぶりが下肢へ流れ落ちていって、緊張から弛緩へとゆるやかに移行する。

ふう……とため息をつくと、目もとに唇をちゅ、と当てられる。彼が微笑んでいる。

(先生って案外……ううん、やっぱりけっこう……いやらしいのかも)

練れたその笑い方を見てそう思う。体内から指がゆっくり引き抜かれると、とろりとした水があふれる。

中指のしずくをぺろりと舐めて、そのままジーンズのボタンを外しにかかる彼に、

「あ」

わたしは声をかける。

「うん?」

「あの……先生も脱ぎませんか」

照れつつ言うと、「そうだね」と彼は嬉しげに答える。スクラブとその下のロングTシャツも同時に脱いで床に放る。なんの恥じらいめいた様子もなく、反り上がった性器を外に出す。

うっすら割れた腹部に向かって反り立っている先端からは、透明な水がにじんでいる。まるでわたしの潤みのように。手際よく準備を済ませてわたしの両脇に手をつくと、脚の間に胴を進める。薄いピンク色の円みで入り口を軽く、こする。

「は」

快感の余韻がまだ残るそこが、ぴくりと反応する。ほんの少しだけ埋め込まれて浅瀬を前後される。

「んっ」

収縮するふちを、じらすみたいにかすめられる。じれったくて気持ちがいい。早くきてほしい思いと、もう少しこうして戯れていたい気持ちが交錯する。彼の切っ先が達したてのわたしの芯をつつく。

「あ――ん」

新たな刺激に小さな粒がひくひくする。

「ああ、これもいいね」

感じ入ったように彼はつぶやく。互いの敏感な箇所が当たっている。遊ぶみたいに押しつけあい、感じあう。知らずに脚を開いて、中心部がよく見えるようにしてしまう。すりすりと円端をすりつけられて、再び性感が高まる。

そうしていったん極みに到達したそこは、はしたないほどあっけなく、再び打ち震える。その瞬間、昂ぶりがずずっと入ってくる。

「あぁ……っ」

不意打ちに近い挿入に目がくらむ。ずっしりと重く漲った芯熱が、ぬるついた内壁に半ばまで一気に沈み込む。まるでやわらかなバターにナイフを差し込むように。くびれがお腹の奥まった、指では届かないところをとん、と押す。

「ふ」

接合部がひくつく。

「平気……かな」

すぐ上にある顔が問う。眉をひそめた笑みに男の色気がにじんでいる。無精ひげが顔を撫でてくすぐったい。

「ん」

うなずいて、やわらかなひげにキスすると、お返しがくる。舌と舌を絢いあわせて性器と性器も吸いつきあう。口のなかとお腹のなかが彼でいっぱいにされてしまう。どちらもぬるついていて大きく熱く、猛々しい。二つの欲望がわたしを余すところなく味わおうとするかのように、うごめいている。

息苦しさに頭がぼうっとしてくる。だけど、この苦しさを存分に受けとめたかった。わたしも彼を味わおうとする。彼の舌を、性器を、においも味も手ざわりも。苦しいほどのせつなさをしっかり味わいたい。この人を賞味しつくしたい。そんな思いに心が灼かれる。

肉厚の舌に自らのそれをぴたりと重ねて、表も裏も舐め返す。すかさずにきゅう……と根もとから強めに吸われる。波打つ喉が溶けあう唾液を飲むと、すうっと甘い。味蕾のひとつひとつまで、敏感になってゆく。

頑丈な体軀に手脚を巻きつけ締めつけると、彼はごろりと寝転がって、こちらが上にさせられる。ずくん、と下から突き上げられる。

「ああっ！」

声が裏返る。わななく腰を両手で固定され、ぐりぐりと嵌入を深められる。胸筋に両手をつけて踏ん張ろうとすると、

「いい眺めだね」

真下から言われて羞恥心が煽られる。その体勢から、弾力のある円みで何度も何度もこすられて下肢がとろけそうになる。

「はぁ……あっ……ん」

つながっている部分から、なにかがにじみ出てくる。麻酔のような電流のような、酩酊のような感覚が。それは全身の血管へゆるやかにいきわたって、わたしを朦朧とさせる。

「っん、ん」

つけ根まですっぽりと彼自身がわたし自身に収まっている。お腹のなかはぎゅうぎゅうだ。一分の隙間もないほど粘膜と粘膜が接着して、潤みを潤滑剤にずちゅ、ずちゅ……となまめいた音を響かせる。

「あ」

汗ばんだ胸に当てている手首を、くんと引かれて倒れ込む。ぎゅっと抱擁されて額に唇をつけられる。かすかに赤く染まった目が、やわらかく細められている。そのまなざしのやさしさに、泣きたいような気分になる。

「んん」

薄い唇にかぶりつく。つながったまま、乗り上がったままキスを求めにいくと、彼はわたしごと身を起こして向かいあう恰好になる。膝の裏に手を差し込んで持ち上げて、自分のももの上にわたしを跨らせる。

「こうするの……好きなんだ。顔がよく見えるから」

艶な微笑を浮かべる彼に、汗まみれの顔で微笑み返す。

「わたしもです」

「よかった」

ぐぐ、ともう少しだけ進んできて、へその裏側の、一番弱い場所に先端がぴたりと当たる。ぐっと押されるとあの、尿意とよく似た感覚がせり上がってくる。陶酔の前ぶれのように。

「っ——ん」

相手の身体に四肢を絡め、律動がはじまる。ゆっくり、急がずに、じわじわと。

張りだしたところで光源をこすられて、快感がぱちぱちと分裂していく。それはべつの光源に飛び火して新しい快感を生み、自分のなかがどんどん熱くしなやかに変化していく。うごめく芯熱にまといついて、きゅうきゅうと吸着する。彼がひくんと微震する。「まいったな」とかすかに笑う。

「また俺の方が……先にいきそうだ」

ごわついた短髪に指をくぐらせて、ささやく。

「いって……いく顔……みせて」

「うん。見てて」

内壁が押し広げられる。みずみずしいほど張りきった欲望がわたしを充たしていく。動きながらさらにふくらんでいって、彼自身も間際まできていることを教えてくれる。切迫感がいよいよ高まる。押しとどめようと下腹に力を込めると、切っ先がめり込んでくる。

「っ……は」

そのまま摩擦され、びくびくと震える背中を太い腕が締めつける。裸の胸をつけあって、心臓の鼓動を感じあう。どくんどくんと怖いくらいにどちらも速く脈打っている。身体の内側も外側もしっとり濡れて吸いつきあう。

汗が混ざり、欲求が溶けあって、どこまでが自分でどこからが彼なのか分からなくなってくる。極まりを求めているのか、それともずっとこうしてせめぎあっていたいのかも。苦しいのか楽しいのか、やるせないのか心地いいのか。相反するさまざまなものが綯い交ぜになり、出口を求めてのたうち、もがく。

胸を打ちつける脈音の烈しさが最高潮になったとき、突然、なにかがはらりとほどける。

「ああ」

　こらえかねたような吐息が耳を撫で、精悍な風貌がぐしゃりと歪む。せつなげに、無防備に。守ってあげたいくらい、いたいけな表情をしてあなたは達する。わたし自身も飽和して、押さえ込んでいたものが限界を超えてあふれだす。

「あぁ――は、あぁ」

　互いの感動が互いに沁み込んでいく。身体だけでなく心の奥深くまで。分かちあうように、与えあうように、愛しあうように、しあわせな一瞬間を共にする。

「好きだよ」

　顔の汗を手の甲で拭かれながら、ぽつりと言われる。

「ずっと一緒にいたいよ。いてほしい。そばに」

「ふふ」

　思わず微笑む。嬉しいのに、なぜだか目の下が濡れてくる。まだつながりあったまま、息も整わないままにそんなことを言ってくるこの人が、たまらなく愛おしい。

「つまりそれは……そ、う、い、う、ことだと受けとめて、いいのでしょうか」

「ええ。そういうことです」

　彼も笑う。あるかなきかの静かな笑み。その吸い寄せられそうな微笑を見つめて、わたしはゆっくりと口を開く。

エピローグ

しゅんしゅんしゅんしゅんしゅん……。

石油ストーブに載せているヤカンの口から、蒸気が出はじめた。

手にしているペンをこたつの天板に置く。じきに三時になる。ヤカンの横の焼きりんごもそろそろできる頃合いだ。お茶の支度をしておこうと立ち上がると、玄関の方から元気な声がする。

「なーつきちゃーん、こーんにちはー」

「はーい」

もこもこの防寒ウェアに身を包んだのりちゃんが、おやつの時刻ぴったりにやってくる。今日は日曜日なので、友だちと存分に雪遊びをしてきたようだ。フードについた雪を払って上下のウェアを脱がせる。

「寒かったでしょう。焼きりんご、できたところよ」

「わあい」

のりちゃんは手を洗うと、茶の間の棚にある小さな仏壇に手をあわせる。数ヶ月前に新たに買い求めたものだ。赤くなった鼻先をくんくんさせて、

「いいにおい」

りんごとバターとシナモンの甘いにおいが室内に充ちている。アルミホイルで包んで焼

いたりんごは、申し分ないできだった。熱々のシロップがじゅわっとあふれて、舌がやけどしそう。

(うん……これは冬期のスイーツメニューに入れたいかな)

ノンカフェインの手作り柚子(ゆず)茶を飲みながら、レシピ帳にメモしておく。

「そうだ、なつきちゃん。おばあちゃんがね、今日の夜、集会所にこられますか? って言ってた。しんどいなら無理しないでねって」

「大丈夫。いくよ、って伝えておいて」

安定期に入ってから、だいぶ体調が落ち着いてきた。つわりが終わって食欲も戻ってきた。なので、今のうちにいろいろ試作をしておきたくてたまらない。

と、のりちゃんが天板にあごをつけて、こちらの腹部をじっと見ている。

「どうかした?」と尋ねると、

「赤ちゃん、今どのくらい大きくなってる?」

「う〜ん、これくらいかな」

食べかけの焼きりんごを指して答える。

「まだちっちゃいねえ」

「そうね。でもそろそろ動くみたい」

のりちゃんは興味津々という顔をして、

「おなか、さわってみてもいい？」

うなずくと、小さな手がニットワンピースのへそあたりに当てられる。

「どう？」

「どこにいるのか分かんない」小首をかしげて、

「でもあったかい」にっこりと笑う。

実際、下腹部はほんの少しずつふっくらしてきて、胸も張ってきつつある。だけど周囲には、まだほとんど気づかれていない。まだ、というのは、より子さんには早々に察知されてしまったわけなのだけど。さすがは元産科のナースだ。

今は二月。一年でこの村が最も寒くなる時期だ。彼は北町集落のお年寄りのお宅まで、雪かき作業に出かけている。帰ってきたら焼きりんごを作ってあげよう。ウイスキーを少したらして。

昨年の秋に入籍をして現在、妊娠五ヶ月目になった。でき婚では、ぎりぎりないのだけれど、心情的にはちょっと気恥ずかしい。なにしろ各方面にお別れの挨拶をしておきながら、しれっと戻ってきたうえに結婚、に加えてこうなって……。

（ま……まあいいわ、うん。みなさん、さらりと受けとめてくれたし）

結婚すること以外にも、去年の秋にはいろいろなことを決めた。

例のケータリングスタッフの件は、申し訳ないけれどお断りすることにした。わたしを評価して、自信をつけさせてくれたことに心からお礼を言って。そして父にも連絡をした。この家を自分に管理させてほしい、ここでカフェを営(や)りたい、と。

藍川村には飲食店といったものが存在しないし、持ち家だから家賃は発生しないし、隣には繁盛している診療所がある。そこの患者さんが利用してくれるだけでも、自分ひとりで営る分だったら足は出ないと思う……と説明した。

開業資金はもちろん自分で準備する。銀行に借金はしない。事業計画書もつくる。お父さんにはけっして迷惑かけません。どうかこの家をわたしに譲ってください。

生まれて初めて父親に真剣に頭を下げた。そうして無事、許可をもらった矢先に、このとおり懐妊してしまったわけで。

（……我ながら計画性がないわ。でもこれはあの人にも……責任の一端があると思う。共同責任だと思う）

「あ」

お腹に顔をつけているのりちゃんが「赤ちゃん、ちょっと動いた」と言う。

「え？　そう」

「うん。楽しみだなあ。早く出てきてね。いっぱい遊ぼうね」

まだりんごくらいの大きさの胎児に、そう話しかける。


村内を無料で走る巡回バスに乗って、のりちゃんが帰ってからほどなくして、彼が帰宅する。やはり全身雪まみれだ。アノラックを脱いで、玄関の外でばさばさと雪を落としてから家に入る。

「ただいまあ」

「お疲れさまです」

「お土産です」

ビニール袋にぎゅう詰めの切り餅を渡される。屋根の雪下ろしを手伝ったお宅からいただいたという。

「米といい餅といい、まったく現物支給ですよ。ここは」

廊下に置いてあるお米の大袋に自然と目がいく。二人分で四十キロもの新米は、まだ食べ尽くせていなかった。

今年から開始された巡回バスの運行は、相田さんの発案だと聞いている。運転免許を返納した老人や子ども、わたしのように免許自体を持っていない住民の交通手段として、村った。

議会にかけあって実現したそうだ。わたしも大いに活用していて、移動範囲がぐんと広がった。

「さっそく焼きましょうか」

「お、いいね」

ストーブに敷いたアルミホイルの上に、お餅を並べる。

「今晩、大丈夫？　なんならうちで休んでいたら」

眼鏡のレンズのくもりをハンドタオルで拭きながら、より子さんと同じことを案じてくる彼に、「大丈夫」と答える。

「むしろ身体をどんどん動かしたいの。ほら、少し前までわたし、ぐったりしていたでしょう。今はもう動きたくって何かしたくって」

ガッツポーズをして笑うと、彼も微苦笑する。

藍川村恒例の春の桜祭り。その本年度の第一回目の打ち合わせが今夜、集会所で行われることになっている。より子さんに引きずられて、わたしも実行委員会の料理班になってしまった。夏のリベンジで次こそは、バルサミコ酢焼きそばを可決したいと思っている。

たぶんもう、そのことに気兼ねする人はいないと思うから。

無意識にお腹をさすると、大きな手のひらが重ねられる。ひんやりして、かさついている。

「まだ平たいね」

「これから大きくなっていきます」

「うん。楽しみだ」

端整な顔がすっと近づいてきて、こちらの顔と接する寸前、こたつ布団の端に放ってあった携帯電話がメールを受信する。妹からだ。

『おねい、葉ねぎと干し柿ありがとう！　今日届きました。お義兄さんによろしくね。春休みになったら、そっちへ遊びにいっていい？』

彼が画面をのぞき込んで、ぷふっと笑う。目尻に小さな笑いじわが浮かぶ。

「俺、きみの妹さん好きだな。たしかにのり助に似ている」

「なかなか就職先が見つからないみたいで。今年は大学四年なのに」

「焦ることはないよ。なんとかなるよ」

実感のこもった言葉をかけられる。そう。なんとかなる。

当初の計画では雪が解けて春になり次第、この家の改修工事にとりかかり、夏にはお店をはじめたいと考えていた。だけどちょうどその頃が産み月にあたるので、開店はもう少し先のことになりそうだ。

わたしの人生はほんとうにいきあたりばったりで、なかなか予定どおりに進まない。でもそれでいい。いや、それがいい。

衝動的に仕事を辞めて思いつきでここへきたから、あなたに会えた。好きになるはずなんてなかったのに、好きになった。ご近所づきあいにも、東京以外の場所で暮らすことにも興味なかったはずなのに。

ここへ定住すると報告したとき家族はびっくりしていたけど、誰よりもわたし自身が、自分がそんな決断をしてのけたことに驚いている。

きっとこれからも、さまざまなことを決めていくのだろう。重要なことも些細(ささい)なことも、楽しいことも難しいことも。あなたと一緒に話しあい、ときに衝突しながらも決めていきたい。

さしあたっての重要な決めごとは、産まれてくる子どもの名前だろうか。あなたの苦手なジャンルだ。急がなくてもいい。まだ五ヶ月もあるのだから、時間をかけて楽しく決めましょう。

そんなことを考えていると、お餅がぷうとふくらんできた。

「そろそろいいかな」

あなたは腰軽く立ち上がると、アルミホイルごとこたつの天板へと移す。

「何をつけて食べようか。醬油かバターか、柚子ジャムか……」

「きな粉もありますよ」

なかなか決められなくて迷ってしまう。こればかりは冷めないうちに早く決めてしまいたい。

「涅槃の果て」は配信にて観賞しました（あとがきに代えて）

「どうしてあなたは東京を捨てて、私を捨てて、こんなにも人里離れたところで生きることを選んだの！」

液晶画面では〝なるＭＩＸ〟こと牧村なる美が、美しい顔に悲しみと憤りをにじませて元恋人に詰め寄っている。突如として自分の前から姿を消した彼を捜し続け、とうとう再会したクライマックスのシーンである。

かつて広告代理店の営業マンだった男は、山奥の小屋で自給自足する仏師となっていた。

「すまない……俺のことは忘れて、どうかしあわせに生きてほしい」

うす汚れた作務衣姿に、無造作な長髪を首の後ろで束ねた男――それでも甘い美貌は隠せない――が、苦しげな表情でなるＭＩＸにこう告げる。人気俳優の鮒戸翔である。

「俺は運慶師匠の天啓を受け、弥勒菩薩像を作る使命を託された。それを彫りあげたとき、おまえは涅槃の果てに到達できる……と。だけど、いつ完成するかは分からない。死ぬまで成し得ないかもしれない。だから俺のことはどうか忘れて――」

くるりと背を向ける男になるＭＩＸは駆けより、思いっきりバックハグする。

「あなたの求める涅槃の果てを、私も見たい……あなたと一緒に」

暗転する画面に浮かぶＦｉｎマーク。般若心経(はんにゃしんぎょう)をプログレ風にアレンジしたエンディング曲をＢＧＭに、エンドロールが流れる。

「ごめん、俺、映画とか詳しくないいんでよく分からないいんだけど……今の、ぜんぜん分からなかったんだけど」

千秋秀が妻のなつきに解説を求めるような目を向けると、なつきは臨月間近の下腹部を手でさすり、

「いえ、たぶん〝分からない〟が正解だと思います。恋人役の俳優さんのファンの妹ですら、『なんじゃこりゃ』と言ってましたから」

「胎教に悪くなかったかな」

「だ……大丈夫かと」

興行的には惨敗した「涅槃の果て」だが、その斬新なストーリーと仏教的無常観が海外の一部映画ファンの間で高く評価され、後年カルト映画の傑作と呼ばれるようになる。そしてマスダケンタ監督はフランス映画界に拠点を移すことになるのだが——それはまたべつの話。

はじめまして、あるいはこんにちは。草野來と申します。本書を読んでくださいまして、ありがとうございます。

唐突なカムアウトとなりますが、わたくしは本作の舞台の藍川村に負けないくらいガチな田舎の生まれです。ファミレスもコンビニも、映画館も書店もない、山と田畑がいっぱいの環境で育まれました。

現在は東京で生活していて、地元で過ごした年月よりもこちらの暮らしの方がずっと長くなりましたが、未だ都会に順応しきれていない感覚が消えません。かといって故郷に戻りたいかといえば、そういうわけでもなく、宙ぶらりんな気持ちのまま、ここまでやってきました。

移住もの、田舎もの、スローライフものを書いてみませんか？　というアイディアは数年前から担当編集さんより提案されていました。だけど自分自身がリアル田舎出身者であるためでしょうか。なかなか書きたいな～という思いが湧いてきませんでした。

なので、藍川村の話を書いてみようと思いたったことに、そしてこうしてなんとか書けたことに（それも楽しく！）、驚いています。自分のなかでの東京との、そして地元との向き合い方に、もしかしたら変化が生じつつあるのかもしれません。

作品自体は楽しく書いていったのですが、男性主人公の千秋秀なる人物は……どこまでなつきに本音を見せるか、どこから自分をガードするか。その配分に悩みつつ、苛つきつつ、『あんた、ほんとはめんどくさい人でしょ』とツッコミを入れながら（苦笑）、書いていきました。

一方のなつきは、自己評価がやや低いきらいはありますが、実はかなりたくましく大胆で、生命力に充ちた女性なのではないのかな……と書きながら思うようになりました。

二人の間には劇的な事件が起きるわけでも、波乱に充ちた展開が待ち受けているわけでもありません。普通の人の、普通の生活。普通の人生。その普通さを丁寧に、細やかに、すごいものとして描くことを心がけました。うまくいっているといいのですが……（気弱）。

イラストを担当してくださった藤浪まり先生、キャラクターデザインの段階から、絵を描く方ならではの意見をたくさん出してくださって、いくつもインスピレーション（特に千秋の表情！）をいただきました。改稿作業の最中は何度もラフ画を見て、エネルギーをチャージしました。ありがとうございます！

担当編集さま、Office Spineさま、校正さま……たくさんの方がたのお力添えのおかげで、無事に完成させることができました。感謝に堪えません。

そして読者のみなさまに、心よりお礼申し上げます。ありがとうございます。

ジュエル文庫をお買い上げいただき、ありがとうございます!
ご意見・ご感想をお待ちしております。

ファンレターの宛先

〒102-8177　東京都千代田区富士見2-13-3
株式会社KADOKAWA　ジュエル文庫編集部
「草野 來先生」「藤浪まり先生」係

ジュエル文庫
http://jewelbooks.jp/

会社を辞めて人生の夏休みをすごしていたら、お医者さまと結婚することになった。

2023年2月1日　初版発行

著者　草野 來

イラスト　藤浪まり

発行者 ―――― 山下直久
発行 ―――― 株式会社 KADOKAWA
〒102-8177 東京都千代田区富士見2-13-3
0570-002-301（ナビダイヤル）
装丁者 ―――― Office Spine
印刷 ―――― 株式会社暁印刷
製本 ―――― 株式会社暁印刷

●お問い合わせ
https://www.kadokawa.co.jp/（「お問い合わせ」へお進みください）
※内容によっては、お答えできない場合があります。
※サポートは日本国内のみとさせていただきます。
※ Japanese text only

※定価はカバーに表示してあります。

Printed in Japan
ISBN 978-4-04-914927-2 C0193

◇◇◇

ジュエル文庫
草野來
Illustrator SHABON
のハズでしたが
幼馴染みと
年の差
なかよし夫婦に
なりまして
16歳年上&体格差たっぷりの夫に愛される♥新妻日記
ハグ、舌を絡めるキス、そして初体験？　どんどんエスカレート!?
兄のようだった財閥御曹司と偽装結婚。演技のハズがお互いきゅん♥
「ずっとキスしたかった。抱きしめたかった」
秘めた気持ちを告白し合って本当の初夜を。なかよし夫婦に♥
なのに彼のお父様にまさかの嫉妬!?　豹変して濃厚Hまで……!?

ジュエル
文庫
お試し結婚だったハズですがっ!?
社長がダンナになったら意外と肉食だった件
Illustrator 弓槻みあ
草野來
甘さも、Hさもぎゅ〜っと濃度凝縮♥新妻溺愛ノベル
「1ヶ月間、結婚生活とやらをやってみない?」
取引先の社長に誘われたお試し新婚生活。夜ごとじっくり施される愛撫。
甘くて絶倫なHは、ソファやお風呂でまで♥　全てを許してくれる包容力♥
お試し期限は迫っているけど離れたくない!
告白を決意した途端、本命っぽい女性が現れ!?
ショックで逃げ出そうとした私だけど追ってきた彼は本物のプロポーズを!

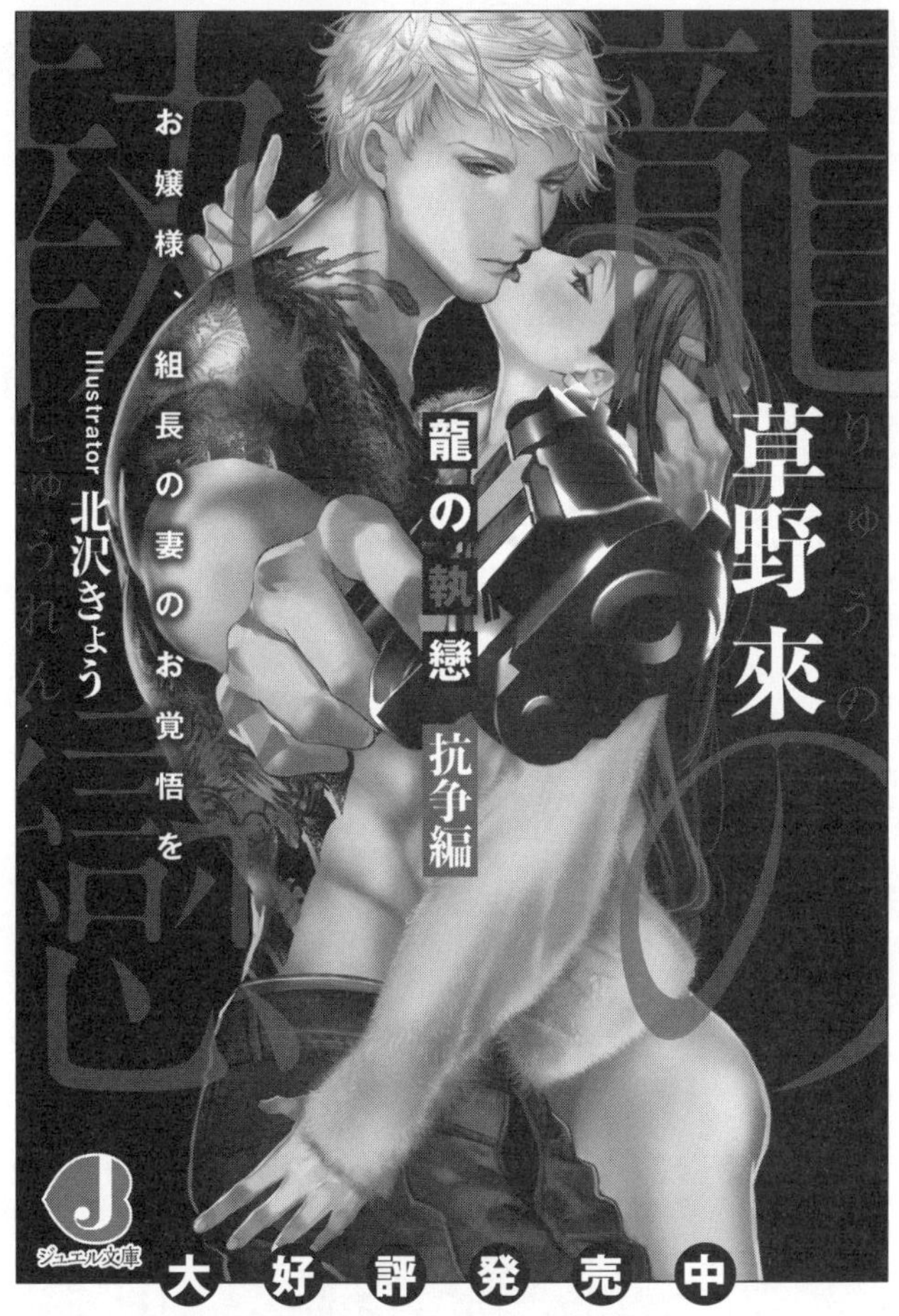
草野來
龍の執戀 抗争編
りゅうのしゅうれん
お嬢様、組長の妻のお覚悟を
Illustrator 北沢きょう
ジュエル文庫

ジュエル文庫
大正ヱロス綺譚
痴人の戀
草野來
Rai Kusano
illustrator
成瀬山吹
Yamabuki Naruse
育ての父との禁じられた恋に堕ちる本格ヱロス文藝！
両親を亡くした藤子を拾ってくれたのは千太郎
――19歳も年上でやり手の実業家。本当の娘のように慈しみ育ててくれた。
17歳になった藤子は彼の旧友に惹かれてしまう。
「何度も言わせるな。あいつに会うのは許さん」　愛する娘を奪われまいと
千太郎は豹変！　貪るように唇を奪われ、父娘としての一線を――!!
見たことない獣の目で射られ、熱い屹立で貫かれ、
恥ずかしい所まで舐めあげられてしまい……!!

大好評発売中